岩　波　現　代　文　庫

青い花

辺見　庸
Yo Hemmi

文芸 329

岩波書店

目次

青い花

さっき口笛をふこうとしたのだが鳴らなかった。わたしは線路上をあるいている。ひとりであるいている。あるきながら口笛をふこうとしてみたのだ。クワイ河マーチかなにかを。ところが唇に空気がちっともこすれない。もういちど口をすぼめてみる。息を送る。鳴らない。これでは破けた鞴《ふいご》だ。唇に摩擦感がない。しかたがない。鳴らないものは鳴らないのだ。気にしてもしかたがない。わたしはゆっくりとあるいている。あるいている。浮かれてはいない。悄然としてもない。たとえてみれば乱痴気《オージー》パーティーの帰りのような、醒めて、やや沈んだきもちであるいている。悲しいということではない。わたしはもはやだれでもない。わたしはずっとあるいていた。あるいてきた。どことなく間質性の、てがかりとてない惛《くら》がり。気がつくと、線路内をあるいていた。口笛が鳴らないので、こんどはなにか発声してみようとした。低く「ソ・

ダ」と声にしようとしてみた。口からソ・ダと音がこぼれた。そうしたのはたしかにわたしの衝動ではあるものの、なにものかにからだが言わされたようでもあった。腹話術師によって発音させられる人形のように「ソ・ダ」と言った。声ならぬ声。二音節をもういちどつなげて囁いてみる。「ソダ」。そだ。つづいて、なんの意思もなく「ホ・ダ」と発声し、ふたつつなげて「ホダ」と言ってみた。ほだは、そのとき、そだとともに、惛がりに幽かな意味らしいものをおびてふるえたが、それがなにかはまだわからない。わからなくてもよい。わからないまま、わたしはあるいている。深く黒い海溝をからだにかんじながら、それに沿うてあるいている。海溝は、ひとすじのＶ字状の海底の裂け目として、わたしによってときおりかんじられている。海溝は外に裂けているのか、わたしのなかに裂けてつらなり沈みこんでいるのか。おなじことだ。外の海溝はわたしのなかへずるりと切れこみ、沈みこんできて、外とうちをつなぐ断層谷《だんそうこく》となり、眠ったふりをしつつ、いきいきと活きている。ときおりごろごろがつがつと闇にころがっているらしい角礫岩。かつて連綿として存在したことがあり、いっときは滔々と流れつづけ、その後いったんあとかたもなく消失したにもかかわらず、なにごともなかったかのように平然と流れる海底の川、あるいは海底の運河《カナル》をおもう。すべてはかりそめの名だ。記憶と忘却の黒い水沫《みなわ》が、海溝から浮かびきて、虚空で音もなくはぜる。眼窩とみぞおちの昏がりの果てないへだたり、そして、ときにはそれらのすき間ないかさなりをかんじたりしながら、わたしは夜の窪みをただよっている。ときおり、ズンズン、ズンズンという腹にこたえる重低音が遠くで鳴りひびき、地ひびきが背骨から脳天にまで這いつたわってくる。そのせいなのか、たんにおりからの風のせいなのか、これは桜であろうか、足もとから地吹雪さながらにおびただしい花弁が頭上までまいあがって視界を煙らせた。轟音はたとえてみるなら、遠雷にそっくりで、ときどきぶあつい鉄板でも引き裂くようなバリバリという無体な音もまじり、そのたびに視野がこまかに震動した。爆撃といい、いかずち。このところ、どうも言葉がずれる。錯語。語性錯語か。流木と屍体。それらがぜったいに聞いてはならない音をたてた。聞くべきでない音をわたしは聞いてしまった。流木どうしがぶつかる、音ならぬ音。水を吸うだけ吸ってまるまると太った流木。ひとという流木。屍。いく百いく千のそれらが流れきて、頭と頭、足と顔、眼窩と臀、そして骨と骨とがにぶくぶつかり、ぬめり、こすれ、からまり、きしんだ。どのような名状も遠くあたわない音を、わたしは河口で聞いた。ドスドス、キシキシ、ヌタヌタ。妻は死んだ。息子も死んだ。母も死んだ。父も死んだ。犬も死んだ。そして…という接続詞はなにも接続しないことを承知で、そして、わたしはあるいている。あるいている。ドスドス、キシキシ、ヌタヌタ。人間というのは…という切りだしを好まない。だが、ひととは、どのような音にもひびきにも影にも、いったんはすくみ怯えるにしても、いずれは哀しいほどに慣れてしまうものだ。たとえ聞いていても聞かなかったことにするのに慣れ、見ていても見なかったことにするのにも慣れて、こうじれば、見なかった、聞かなかったとさえ記憶したりする。身もこころも外部の条件を反映して、いかようにも変質してしまう。それはたくましい可変能力というより、ひとがひとであるためにあらかじめ負うている病性なのかもしれない。それをして人間というものの「破滅的な習慣」と言ったりするが、ひととはほんらいハメツテキナシュウカンという学名を付されるべき有機毒物である公算も大なのではないか。と、おもったとてどうにもならないことを、とくにこだわるでもなくおもったり、おもうのを中途でやめたりしながら、わたしはあるいている。わるびれずあるいている。ぽろぽろとあるいている。想起―継起―消失―想起―断念―消失―想起―追憶―途絶―流失。記憶は夜の流砂だ。おちこちを白々とかすませる飛砂。わたしはあるいている。ずっとあるいている。わたしはだれでもない。だれでもないわたしは、ふとこの闇に、一輪の弱々しい青いコスモス、青紫のヤグルマギク、またはクレマチスの花弁がにじむのを見たいとおもう。意識の裂け目から青い花を流れこませる。見ようとして見えないもの。どうしても発音不能のもの。なんとかかたろうとして、ついにかたりえないもの。触ろうとして、いっかな触りえないもの。なんども理解しようとこころみて、なお理解のかなわないもの…。あたかもそれは無。ナル。null——意味のない、価値のない、存在しない——ナルにむかい、わたしはおもむく。わたしはひとりあるいている。わたしはだれでもない。悟いカナルよ。妙なるアナルよ。夜の海溝の底に沈みこみ、いっこうに悔いない無。ナル。悼まない無の闇をあゆむ。いっこうにさがらない線量。あっ、蹠《あしうら》がなにかを踏んだ。線路上におびただしいムクドリの屍骸があった。みな腹をえぐられているらしい。惛がりよりもっと惛い死んだムクドリたちの腹の洞《うろ》。なにか、他界への意外な入り口のような、鳥の腹の穴。この夜は死んだ鳥の腹の穴から深々とわきいで、ブルーベリーの畑をかすめ、黒い森へと流れていく。果実たちの吸収線量。中空の視えない瘢痕《はんこん》。病んだ夜の肉芽たちよ。もうどうにもならないのだ。わたしはどこをあるいているのだろうか。わたしのではない、だれか他の者の瞳にまつわる涙のなかをあるいているのだろうか。無からたちあらわれ、ひとしきりとり憑かれ、暴れまくり、疲れ、それでも終わらない、とどのつまり、いたずらに消尽して、やはり無へと帰していくほかない、なにかイカれた神の夜の気配。無。ナル。うべなる、ナル、ルナ。また音韻錯語だ。弱毒化した神の薬。神のスクリ。存在しない思念のカナルをただよう。それらとともに、それらに導かれるようにして、わたしは線路上をあるいている。あるいている。あるいちゃっている。とても目がわるいのに、気がついたら、眼鏡をかけていないのだった。あれっ、マスクもしていない。さなきだに惛い曲面上の夢のようなうねりを、わたしはのろのろと裸眼であるいている。この期におよんで、のような、とつい言ってしまうじぶんに引っかかる。安易にすぎるので気が差す。のような、とか、のようだ、なんて、かたりを得意がりたいだけの、子どもじみたごまかしだ。いま、じぶんを衒ったとて、もうどうなるものでもない。だいいち、これはまったく夢ではない。夢という字も音も好きになれないから、つかったとたんに消したくなる。わたしは、だが、いらだってはいない。ときおり胸に光の漣《さざなみ》がたつけれども、むなさわぎというわけではないし、気がおもいというわけでもない。たぶんこの弱酸性の惛がりの、臍窩《さいか》のような凹面上のどこかに、わたしはいる。

そうおもう。のようなを全面的に回避することはさしあたりできない。のような、または、のやうなの頻用にからみ、だれかから譴責されるならば、素直にあやまるしかないだろう。なんにしろ、あやまることだ。すみません。すまなんだ。すまんかった。すんまへん。えろ、すんまへんな。なにがなし女性器に似た、ほの黒く、くねり曲がり、入りこんでいく地形の奥の湿地。濡れた陰唇の、襞のびらびら。ナル。エイナルの惛いカナル。そこに敷かれている軌道上を、わたしは眼鏡をかけずにひとりであるく。口がふたたびみたび「そだ」「ほだ」と発声した。われありくなり、というつよいおもいではなく、ただありく。ありくほどに、闇はたける。わたくしはたんにあるいている。ときに、ほだとはなんだったか。そだとはなんだったろう？ ほだは、ときどきほたと清音になったりして、まだ胸骨のあたりにひっかかっているのだが、いまひとつ形をなさないまま、わたしはあるく。あくる。ありく。ほだはそだとどう触れあい、どのようにかかわるのか。想起する間もなくざわっと消えてゆく、闇の流砂、ぬめる流木。つらなったひとの屍体の筏。ドスドス、キシキシ、ヌタヌタ。わたしは聞いた。見た。水にうつぶせた死者たちのシンクロナイズド・スイミング。黒い花。屍体の花弁。黒い蕊《しべ》。その落花。いわば散華《さんげ》。まったくとるにたりないがゆえに、かけがえのないものをおもう。いや、まったくとるにたりなかったがゆえに、じつはかけがえがなかった、いまとなってはとりかえしのつかないものを想ふ。もう遅い。もう遅い。もふ遅ひのだ。わたしは刻み目のない壊れた刻《とき》——虚時間——をのろのろとあるいている。いま渇仰しているものはない。葛藤もない。いっそ身軽だ。ひところまえに、世界の狂宴《オージー》は終わった、と言われた。狂宴のあとでなにが迫りあがってくるのかが問題なのだ、と。オージーの終わりがかたられたのは前世紀末のことだった。もう大したことはなにもおきないだろう、と。まったくいいかげんなことを言うものだ。あれからいくたび大したことがおきただろう。わたしは、だからといって、いらだたない。わたしはだれでもない。だれでもないわたしは、どこでもないどこかを、だらだらとあるいている。ズンズン、ズンズン。この夜の底が揺すれる。この夜にひたるわたしの内耳も揺すれる。もうどうにもならない。ズンズン、ズンズン。ズンズン、ズンズン。

わたしはあるいている。数日前、とおりかかった沼でカイツブリとその浮巣《うきす》と、浮巣のちかくにうつぶせて浮かぶひとの黒い屍骸を見かけた。鳥たちはこんなときなのに、キリッキリッと鋭く鳴きながらのんびりと泳いでいた。首のところが栗色になりかかっていたから、まだ春であるにもかかわらず、はやくも夏羽にはえかわっていたのだろう。かれらは夏場に飛来するのではなかったか。いつから留鳥になったのだろう。すべてが狂っている。それもこれもなんでも線量と戦災のせいにしてしまう癖はよくないが、それよりショックだったのは、カイツブリと浮巣という名詞と、視線の先の実体というか物質がすぐにはかさならず、わたしはいささかあわててカイブツリ、だとかキウスだとか二、三分ほども口ごもってから、やっと言葉とそこに存在するものの一致(と言っても、まだまったく手ごたえはないのだが)をみたのだった。わたしはあるいている。わたしがこうしてあるいていることだけが、いまはわたしにとってたしかなことだ。と、おもいつつあるく。言葉と物質のかんけいがズルッとずれてしまった。カイツブリでさえそうなのだから、わたしがわたしとはだれかをかたるのはいっそう至難である。だいたい、自己申告にはもうなんの意味もなくなった。ひとという実体なんかどうでもよいのである。申告手続きが適切か、登録ＩＤが有効か、アカウントナンバー、パスワードが正しいかどうか、それだけが問題だ。わたしはただいまあるいている。と、おもいつつずっとあるきつづけている。ひとそのものなんかどうでもよくなってしまった曠野をとぼとぼとあるいている。一個のひとそのものよりも一枚のICチップつきIDカードが重要である。どこからか樹の根の湿気ったにおいがしてくる。死。死。希薄な死。オブラートの死。子どもたちは死んだ。親も妻も犬も死んだ。流木になった。ひとはただひとであることをもって、わたしがわたしであることをただ大声で主張することをもってしては、自己存在をあかすことができない。みとめてもらうことはできない。わたしはチンタラあるいている。第一暗証、第二暗証、第三暗証が合えば、生体認証さえ一致しさえすれば、わたしの内面とその変化のいかんを問わず、わたしはわたしの抜け殻でしかなくても「わたし」と認定される。というわけで、こう言ったとてもはやなんの存在証明にもならないのだけれども、わたしはひとりの難民である。その昔、さも社会の一大事のように喧伝された「帰宅難民」だの「買い物難民」だのといった、いかがわしいマスコミ用語にでてくるような意味合いのナンミンではなく、相次ぐ大震災と戦火からのがれようとしている国内難民である。いわゆるエヴァキュイ。レフュジー。この名称には昔日はロマンチックなひびきもなくはなかったものである。詩人はすべからく亡命者であり、難民であるべし。ふん、いまさら詩的象徴をじぶんにかさねて気どって言っているのではない。ありていに言えば、わたしは政治的難民でも文学的避難民でもない、ただの流浪者である。わたしはあるいている。人間存在とは、精神障害とされるひとも、そうでないとされる者も、政治的難民もまた、じぶんのあからさまな裸形をおそれて、あらまほしい幻影を身にまとい、そうじて裸形ではなく幻影部分を自己申告するものらしいが、わたしにはそんな余裕もない。じぶんはいまこんな姿だが、インテリゲンチャであるとか詩人だとか申告したところで、それがなんだとヘラヘラ笑われるだけだ。わたしはあるいている。わたしはあるいているのである。ああ、骨と皮のノラ猫の影がよぎっていく。横目でわたしを見る。このまえ職質してきた役人によると、わたしの場合、公的には「国内無登録避難民」だったか「域内無登録高齢流浪難民」だったか、そんな分類らしいが、どちらにせよ、ひと昔まえのようにありていに言えばホームレスということであり、ほとんど公的援助はない。どこの避難民キャンプにも公的避難所にも民防核シェルターにもぞくさないとなると、制度的援助の受給資格がなく、ボランティアたちも手をさしのべにくい、はぐれ難民である。しかし、わたしも以前は、しがない一匹狼ではなく、三十人ほどの登録難民のグループの一員として、首から難民ＩＤカードをぶらさげ、官給の白や黒や青のマスクをつけて、山野や廃墟やひともまばらな街並みをぞろぞろと、死にゆく蟻の行列さながら、遠目に眺めれば、それぞれがそれぞれの記憶のあやふやな縫い目《ステッチ》のようになってあるいていたのだ。わたしはわたしではなく、わたしたちとしてあるいていた。荒星《あらぼし》の夜も一列縦隊になって、少数の例外をのぞき、ほとんどおし黙ってあるいていた。いや、はたから見たら、あれはひとがあるくというより、うごめいている影の列であったにちがいない。かつてみながけっして失いたくないとおもっていたものを、いまではあらかた失い、そのすぐ延長線上にあるべき悲嘆や失意という感覚さえもがすでに虚ろになっている。忘失の、影の列。もうどうにもならない。わたしはあるいている。あるきつづけている。わたしたちは多くのことどもが失われるまえの風景、すなわち〈過去〉というものを、いまと比較してかたりあうことはまずなかった。かつてはいまよりよかったか？　ずいぶんマシだったか？　愚問だ。愚問からは愚答しか生じない。いまとは、ほかでもない過去の母胎より生まれでた。または、いまの闇は過去の開口部からわきでてきたのだ。過去の肛門からひりだされたのがいまだ。わたしはあるいている。とつおいつ思案し、あるいている。想起、回顧、類比、類推というずいぶん上等な作業には、多少なりとも勇気や情熱がいるものである。わたしたち難民のなかのほとんどの者は、勇気や情熱というものと、それらの妥当な用い方についての記憶を、種痘の痕ほどにもすでにもちあわせてはいなかった。したがって、群れはたまさかスーパーからの略奪や窃盗(主として道ばたの屍体がはめている結婚指輪、死者の衣類、ポケットの財布、まれには金歯など)や男女の別のないレイプやレイプと見まがう和姦を、群れの相互協力下でごくしずかにおこない、むろんそのていどのことは休憩中の話題にもならなかったけれども、およそ人生や社会、歴史にかんする回顧やアナロジーなどというむだな観念の遊びめいたことなど、やる者はじつに稀であった。わたしはあるいている。ただあるいている。かつてわたしのいた登録難民の群れにあっては、〈おもう〉こととは〈おもうふりをする〉のとほとんど同義であったし、まったく同様に〈かんがえる〉とは〈かんがえるふりをする〉ことであった。〈悲しむ〉だって、たいがいは〈悲しむふりをする〉のとおなじであった。また、〈過去〉とはさまざまな〈じじつ〉としてあるのでなく、現時点での〈想起〉をきっかけとするある種のごく単純な〈創作〉かじじつの〈ねつ造〉であるとみなされていた。怖ろしいことには(とさえもうおもわなくなったけれども)、かつて「転義」とされていたものがいつのまにか「本義」になってしまった。ひとびとはそのように無意識に思考を制御したりすりかえたりすることで、過剰に悲しんだり怒ったりすることを避けていたのだともいえる。じっさいには本義でも転義でも提喩でも、もうどうでもよくなっていたのだ。群れの最優先課題はできもしない定住ではなく、とにもかくにも移動であった。移動する目的があるのではなく、移動じたいが目的であった。わたしはいまはひとりであるいている。あるいております。それだけが、(この言葉もとうの昔に死んだが)真率《しんそつ》なるじじつである。人間集団というものがほぼつねにそうであるように、わたしのいた登録難民の群れも、集合的にはそうじてあさましく下等であり、個別かつ例外的にのみ瞠目にあたいする事例がいくつかあった。といっても、それはなにか崇高とか気だかいとか言われるような性質のことではなく、ただたんによくわけのわからない、学術的にもおそらく解析不可能であるだろう奇態にすぎなかったのだが。たとえば、わたしは群れでいっしょだった松本さん親子のことを、これからも生きていればの話だが、忘れることができないだろう。かれらはわたしがぼんやり意図するでもなく胸にえがいていた、〈絶対的に堪えがたい空間から、かんぺきに不確実な空間への転移〉といった切なる願望のイメージとどこかでかかわりがあるようにかんじられてならなかったからである。〈絶対的に堪えがたい空間から、かんぺきに不確実な空間への転移〉は、どうか誤解なきようにねがいたいが、〈絶対的に堪えがたい空間から、かんぺきに自由な空間への転移〉とは似ているようでいてずいぶんことなる。不確実と自由。両者はシャム猫とペルシャ猫ほどもことなるが、さしあたり自由を手にいれることができないのなら（もっとも自由ほどとりとめなく茫漠たる概念はないのだけれども）、とうてい堪えることのできない条件よりは、むしろすべてが不確実な条件のほうをえらぶであろう、といったていどのことだ。わたしはそうした。とうてい堪えがたい条件から脱出し、たったひとりだけの、かんぺきに不確実な彷徨をえらんだ。松本さん親子があの難民グループをもう堪えがたいとかんじていたかどうか、いっそ未来の不確実性をえらぼうとしていたか、ほんとうのところはよくわからない。現状を絶対的に堪えがたいとかんじていたか、あの親子はグループをぬけはしなかったのだから、どうもちがう気もする。かれらは、だが、わたしにとって堪えがたいひとたちでなかっただけでなく、いつも気になる、類型化不能の存在ではあった。わたしはあるいている。わたしが、でも、わたしも、でもなく、わたしはあるいている。ひきつづきあるいている。あの親子には、カラスにえぐられたムクドリの腹の暗々《くらぐら》とした洞を、胎内めぐりみたいにくぐっていって、ぽっと他界を覗いてみたような、それはかならずしも自由というものではないにせよ、それにしごく不可解でふたしかでもあるけれど、けっして不快ではない息づかいと、どこかしら、なんと言えばよいのだろう、周囲に合わせながらも従ってはいない、ちょっとした「不逞」に似た気配もあった。父親の元指物師、松本三重吉さんはグループ最高齢の八十五歳で、啞者とも失声症とも失語症とも認知症とも、あれこれ好きかってに言われていて、なるほど、群れの大多数はかれの言葉を聞いたことがないし、わたしもはっきりとは耳にしたことがない気がする。松本三重吉さんは「ホシザル」というあだ名でよばれていた。「星猿」ではなく、赤くしわくちゃの顔だったので、「干し猿」。身長百五十センチくらいで、コナラの枯れ枝ほど軽かったこともあり、山道では息子のほか、わたしたち群れの男たちや元気な女たちがよく交代で背中におぶってあるいたものだ。ペットのサルでも背負うようにして。背中の三重吉さんはほんのり腐葉土のにおいがしたが、あたかもなにもないものみたいにまったくと言ってよいほどおもさをかんじさせないのだった。そうやってかれをおぶって震災地や被爆地区をあるいていたある日、へとへとに疲労困憊していたときの記憶だから断言はできかねるのだが、わたしは背中に三重吉さんの言葉というか、声というか、からだの音のようなものが、なぜだか谺《こだま》のように背につたわってくるのをかんじた。膚《ふ》接《せっ》という床しい言い方が昔はあったが、わたしは老人の腹とわたしの背中の皮がはりついて、いちまいの陸つづきのからだになった気がしたものだ。そのときに三重吉さんのからだの音がじかにつたわってきて、それが幼児の声になって「ツ、ツウベッタ、ツウベッタ…」とつぶやいているようだったのである。ツウベッタ、ツウベッタ…ってなんだろうと、声にはおのずと意味や企図やそれらに似たたくらみがあってあたりまえと、どうしてもおもってしまうわたしは不審がった。しかし、群れのだれもツウベッタ、ツウベッタ…のことを知らず、声がないとおもわれていたホシザルが声らしい音を発したことにも、だれもさしたる関心をしめさなかった。それだけのことだ。示唆も教訓もない。「ツ、ツウベッタ、ツウベッタ…」の音か声は、松本三重吉さんにより、背中ごしに移植されてまだわたしのなかにあり、わたしの口はときおり、「ツ、ツウベッタ、ツウベッタ…」と、夜陰に三重吉さんの声を吐いてみる。わたしはあるいている。いまはたったひとりであるいている。闇を、女のかぐろい髪を梳《す》くように、ゆっくりと、みどろしく、あるいている。ただあるくしかない。なにか泥葱のにおいがただよってくる。ツウベッタ、ツウベッタ…。わたしは靄のなかをわけのぼる一艘の小舟として、深い夜の廻《めぐ》りに沿うてあるくだけだ。とまったらそれで終わり。けれども、なにも終わりたくないからあるいているのではない。もう終わったっていい。しかし、終わるまではどうしたって果てることができない、やむない流れとしてあるいている。とすれば、だれでもないわたしはひとすじの夜の流れなのだ。夜の破片。流れる闇のだまだ。なにかに、神のようななにかに、あるかされ、流されているのでもない。三重吉さんは、かれをおぶって公共防空地下シェルターの上あたりをあるいていた息子とともに、爆撃をうけて死んだらしい。ゆきあったべつの登録難民のひとりが、ツイッターの未確認情報としておしえてくれた。わたしはあまりおどろかなかった。それほど悲しまなかった。おどろくこと悲しむべきことがほかにいくらでもあったからではないとおもう。松本さんたちはもともと、いない、いないみたいなひとたちだったからだろう。いつもなにか非在的にあるき、オバケガイみたいにそれぞれを内がわにたぐりこんで起居していたので、どうかすると存在することさえ忘れられていることがあったのだ。わたしにはそうしたうすい膜のような存在のありようが好ましく、うらやましくもあった。闇のオバケガイ。虚子の「やどかりや覚束なくもかくれ顔」を、なるほどとおもうゆえんとそれはかんけいがあるかもしれない。そんなことはどうでもよい。すすんでいるのか、ただ周回しているだけなのかわからないが、ともあれ、わたしはあるいている。これも難民支援ボランティアから聞いたソーシャルメディア情報によると、このたび投下されたのはアメリカの軍隊がその昔アフガニスタンで使用した大型爆弾をコピーして製造した新型特殊熱圧爆弾らしく、熱風ととてつもない衝撃波により死者はミンチまたはメンチカツ状態となって飛びちり、くわしい死者数はおろか、だれがだれやらわからない状態なので、松本さん親子がそのなかにはいっていたかどうか百パーセント確実とは言えないのだという。わたしはあるいている。ツ、ツウベッタ、ツウベッタ…とひくくつぶやいてみる。ツ、ツウベッタ、ツウベッタ…。わたしはまだあるいている。意思的にではない。むなしき風にまかせて、われありく。牧師がふつうあまり言いたがらない聖書の言葉を胸になぞってみる。「順境には楽しめ、逆境にはこうかんがえよ／ひとが未来について無知であるようにと／神はこの両者を併せ造られた、と」。ふふふふふ、言われるまでもない、読むまでもない。未来についてひとはじゅうぶんに無知であったし、いまもそのようにありつづけている。そして後知恵のように聖書は言うているようだ。神が、知と無知、意味と無意味をわざと併せてひとを造ったかのように。ツ、ツウベッタ、ツウベッタ…。「貧しいひとが虐げられていることや、不正な裁き、正義の欠如などがこの国にあるのを見ても、おどろくな。／なぜなら／身分の高い者が、身分の高い者をかばい／さらに身分の高い者が両者をかばうのだから」。オッケー、わたしはおどろいてはいない。「人間には災難のふりかかることが多いが、何事がおこるかを知ることはできない。どのようにおこるかも、だれが教えてくれようか。／ひとは霊を支配できない。／霊を押しとどめることはできない。／死の日を支配することもできない。／戦争を免れる者もない。／悪は悪をおこなう者を逃れさせはしない」。オッケー、オッケー牧場。空からなにがふってくるかだってわかりはしない。そのとおりだ。いま、おっしゃるとおり、ニッポンは戦争になっておりまする。神は天にいまし、わたしらは地上にいて、あるき、ひたすらあるき、熱圧爆弾でミンチにされる。わたしはあるいている。これは流謫《るたく》ではない。法的にも宗教的にも象徴的にも流謫ではありえない。わたしは移動や二足歩行の自覚もなく、たんにあるいている。縦穴のような宙をあるいている。いや、昏く深い縦穴の宙を、のような、のようにとはなるべく言うまい、とうっすらおもいながらあるいている。あるきながら、おもいだす。夕暮れのため息。意識の割れ目。流れこむコスモス。青いコスモス。青紫のヤグルマギク。クレマチス。ヘリオトロープ。ノアザミ。デルフィニウム。スカンポ。カタバミ…。半世紀以上前に、気のむすぼれた女がふとつぶやいたのだ。女の窪みから言葉がこぼれた。「もう、夜なのに……」。もう、夜なのに……。中糸が切れてばらけて落ちた数珠玉に似て、音めく、眩《くるめ》く、言葉めく、吐息めく、涙めく、半透明のひと粒。完成されなかった淡い逆接。女はきょうこ、という。きょうこ。もう、夜なのに……。耳のうすい女。そのときは、まだ朝だった気がする。あるいは昼下がりだった。もつれ、つづれ、ずれ、むすぼれ、ほつれ。忘れられない。なんということだろう。死んだ妻たちを忘れかかっているのに、きょうこを忘れられない。わたしは「外」ではなく、なにかの「なか」をあるいていた。海溝、カナル。そうとしかおもえない。なにかが、なにか、はっきりとはわからない。ただ、ここが「そと」でないのはあきらかである。「そと」でないのなら「なか」なのだろうが、なんの「なか」かは見当がつかず、むろん、蹠《あしうら》もおぼつかず、「なか」をのんびりとあるいている。だれかに尾行されているかもしれない。もうどうでもよい。きょうび尾行者はつねにいる。だれかがだれかを尾行している。だれかはだれかに尾行されている。だれでもない者が、だれでもない者を監視している。はっきりした意図はわかりかねる。尾行者だってわかってはいまい。尾行者も監視カメラに見られている。尾行、監視、位置確認、監視記録。それらの責任主体はどこにもない。はっきりとした悪意さえない。無。null——エイナル。わたしはあるいている。悟い軌道上をあるいている。たぶん、なにかの「なか」の軌道上を。レールは行く手の左がわにゆるく彎曲していて、部分的に三線軌条になっていた。それらが延びてゆく先に、この世の外がひろがっているのかどうか、わかりはしないのであり、ただなんとなくどこまで行っても永遠に「なか」である予感はする。保線要員たちががんばったのだろう(言語使用上のコンプライアンスがどうあれ、保線要員より保線夫がよい。保線夫というのは昔からつねにがんばるものである)、ひとびとの屍体はすでに軌道上からは大部分、撤去されていて、狭い側道に口の開いたずだ袋のようにまだいくつかころがってはいるが、おもったほど多くはない。うつぶせたのもあおむいたのもあり、腰から上と腰から下がきれいにまっぷたつに断たれて、それぞれがべつの位置に不規則に生えた熱帯の矮性植物のように(なんにせよ直喩はつまらない。屍体じたい比喩になじまぬつまらなさ、あっけなさがある)すっと立っているのもある。腰から下のは両足とも行儀よく靴をはいている。が、裸眼だから脚なのか棒なのかわかったものではない。まだそれほど腐爛していないのか、予期した屍臭はおもいのほかきつくはない。ほんのりとヒサカキの花か、たくあんのにおいがするようだが、そうした形容はおそらく習慣的な予断によるものなのであり、ここにある屍臭は異臭というほどではない。むしろそれは何日かおいた切り花の、茎のぬめりがはなつにおいにちかく、それは逝く影の息か、すぎてゆく死者の裾のにおいである。「人間は息にも似たもの、彼の日々は消え去る影」と言うではないか。わたしは息にも似たもの、わたしの日々は消え去る影…。ときどき、ひとともいる影とも見わけられない者といきかう。みな白や黒のマスクをしている。青っぽいマスクのひともいた。どこかで見知ったひともいるようなのだが、そうとう疲れきっているのだろう、むこうは会釈もしない。わたしはわたしで、なんとも言いようがなく口のなかで「どうも…」とつぶやくばかり。聖カエルム病院の看護師、真文《まぶみ》智恵美さんともすれちがった気がするのだが、やはりマスクをしていたし、ひとちがいかもしれない。真文さんか、真文さんに似た女は表情をくもらせたわけではないが、すれちがいざま眉間にかすかに縦じわをよせたように見えた。そこから事態がどうなっているのかをしっかり読みとるべきなのではないか。そうおもうのだけれど、なにかはっとわかったような気がしただけで、具体的にはなにかがなにかわかってはいない。なにかがすでにおきたか、いまおきている。ま、いい。どうせ手遅れなのだ。もうどうにもならないのだ。わたしはあるいている。

わたしはあるいていた。わたしはあるいている。爆撃でちぎれた屍体が、肉と骨の断面から、ヒカリゴケのような美しい燐光をはっしていて、それがきらめく靄となって闇にたちこめている。屍体のこの断片はひょっとしたら松本三重吉さんのではないかとおもった。三重吉さんの腹部とくにへそ下の丹田のあたりは、じつに不思議なことに、夜間ときどき、ぼうっと透明な黄緑色の光をあげたものだった。腹部の黄緑色は、どのようなきっかけで変化するのかだれもしらなかったが、まれに夜光虫のように青白い光になることもあった。難民たちはだれが合図するわけでもなく、蛍火や夜光虫に似たその光のまわりにぞろぞろとあつまり、車座になった。これは高い線量とかんけいがあるのだろう。細胞膜のリン脂質でも燃えているのだろうか。そうひそひそ声で言う者がいた。これは三重吉さんが体外からなんらかの刺激をえて、より高いエネルギーをもつにいたった励起状態になっていることをしめしており、この光はいわゆる「励起光」というやつだ、と知ったかぶりをする者もいた。オワンクラゲの発光と酷似していると言う元教員もいた。「発光するのはなんらかの刺激をうけた生殖腺なんですよ…」。しかし、光や闇は、つまるところ、あらゆる理屈にうち勝つものであり、やがてだれもなにも言わなくなり、ひとに請われるままに草地に黙ってあおむき、破けた下着をたくしあげて妖しくひかる腹とさなぎみたいな性器(それはときにあきれるほど大きく勃起していたが、けっしてひかりはしなかったので、だれもあまり注目しなかった)を見せる三重吉さんの痩せこけた半裸体を、それぞれがそれぞれのおもいにひたって、クリスマスキャンドルにでも見入るように口をつぐんで眺めた。見つめるひとびとの瞳の奥でも黄緑色や青白い光がチロチロ揺れた。あれを目にしたからには、なぜにひとの腹部がこうも発光するのか——といった、ひととしてとうぜんいだくべき基本的な疑問から自由だった者などいなかったはずである。しかし、生化学的謎や疑問よりもさらにつよく難民たちの目とこころをみちびいたのは、ふだんは脳裡からしめだしている、それぞれの死者たちの記憶だったようだ。わたしはあるいている。もうどうにもならないのだ。すべては手遅れだ。わたしはもうどうともしようとしていない。ただ、すくなくともわたしはあるいている。あの不可思議な光を見て、わたしだって亡くした親や妻や子どもらをおもわないわけがなかった。それは三重吉さんのお腹が発する光によって再生された、おそらくは残像という心的な視覚体験であり、かつて在り、在ったかもしれない、ほんとうはなかったのかもしれない、愛や憎しみ、無関心、軽蔑、酷薄をまなうらと脳裡に想起し、再構成することであった。おもいでというのは、だが、より正直に言うならば、とおりいっぺんの倫理などかるくこえて去来し、脳裡を気ままに飛びまわるたいへんに無軌道なものでもある。正直に言えば、わたしは妻や肉親以上に、はるか昔にはじめてかんけいした女のからだや声を、老人の腹の光のむこうに甲斐もなくしのんだ。きょうこ。もう、夜なのに…。シャツをたくしあげ、ズボンをずりおろしたまま、三重吉さんはあおむいた姿勢のまままわたしらを不思議そうに見あげていた。三重吉さんの目にはなにが見えていたのだろう。老いた犬のような目。そこからの視界とわたしからの視界に入る汀線《ていせん》と水平線。それらの異同と哀しみ。わたしはあるいた。朦朧とあるいている。線路の右手には疎林らしい影があり、どの樹間からも闇がこぼれている。線路のすぐ左手には側道をへだて、鋼鉄とコンクリートのかなり高くがんじょうな黒い壁が万里の長城のように立ちはだかっていて、視界のおよぶかぎりその壁が途絶えることなくどこまでもつづき、わたしの左がわの風景をかんぜんに遮断している。壁の基底部は、どのような衝撃にでもたえられるようにだろう、ひしゃげたAの形に設計されていて、土台がひどくぶ厚くなっていて、さらに脚を突っぱるかっこうで無数の鉄筋の支柱がそとがわからそえられていた。そうまで堅固にしなければならない理由をわたしは量りかねた。いわゆる新型防空壁というやつがこれなのかもしれないし、このところ連続している大津波にそなえた、たんなる防波堤なのかもしれない。とすれば、壁のむこうには、大海原がひろがっているのかもしれないと想像することもできた。あるいは、うちつけに底知れぬ巨大な穴があいているのかもしれない。黒いクレーター。爆撃跡かもしれない。想像はわたしにゆだねられているのだが、新型防空壁と防波堤、海と穴の別にわたしはとくにこだわっていない。もう手遅れなのだし、どのみち「なか」のことなのだから、とわたしはじぶんに都合よく弁解をする。言うに言えない圧迫感のせいだろう、左がわの壁にかんしてわたしはあまりかんがえたくない。視圏の中央と右がわについてはそれなりに表現のしようもあるが、左がわとなるとずっと高い壁がつづいているだけであるということは、こだわれば、どうしたって鬱屈しかねない構図ではある。ものごとにいちいちこだわらないことだ。こだわったらなにもやっていけない。そうだ、色を言わなくてはならない。燈火管制下の地と天をつないでいる、あわいの色を。目路のずっとずっと果たての、あの地べたにもっともちかいところは、いくぶん青黒い萌黄《もえぎ》ではないのかな。それが、解いた和服の帯のように地平線を這っているのだ。あれはそれとも木賊《とくさ》色というのだろうか。いや、陰萌黄《かげもえぎ》というやつか。濃かれ、うすかれ、黄色みをおびた緑色という色は、のどかなようでいてどうも油断がならない。時間をすっととめてしまったり、空間を色のなかに吸ってしまったりしてしまうものだから、いまが明けつつあるのか、しだいに暮れおちているのか、どうも判然としなくなる。明けるのと暮れるのとでは、たがいがたがいを前提しつつも、語義としては本質的にはまったく逆のことであるのに、この空ときたら、いっこうにおかまいなしである。サイレンの尾の先っぽだけを耳にのこし、空襲警報はだいぶ前に鳴りやんだ。わたしはいまもあるいている。扁平な声のテレビ・ラジオ同時放送も終わった。いま、すべてはどうやら事後であるらしい。事前のような気配もあるけれど、これは事後とかんがえるのが順当だろう。昆虫のような男声がどこからか流れてきた。カミキリムシみたいな平たい声と電磁波ノイズ。第三国からの意図的作戦行動といわれる電磁波障害。不思議なラウドコール。東部軍司令部発表。ケフ敵機複数方向ヨリ來襲セルモ、我カ空、地両航空部隊ノ勇猛ナル反撃ヲ受ケ逐次退散中ナリ、現在マデニ判明セル撃墜敵機数七拾余機ニシテ、我カ方ノ損害ハ軽微ナリ、一部ニ発生セル火災ハ軍官民ノ果敢ナル防火活動ニヨリ制圧シツツアリ、皇室ハ御安泰ニワタラセラル、祖国防衛戦争ニタチアガレ、繰リ返ス、祖国防衛戦争ニタチアガレ、情報終ハリ、以上。復唱。コウシツハゴアンタイニワタラセラル。イヤサカイヤサカ。ソコクボウエイセンソウニタチアガレ。ワタラセラルル。モトイ。ワタラセラルルル…。わたしはあるいている。いま、いくつかの屍体をのぞけば空襲の痕跡はさほどではない。空はなにも気にしていない。わたしも気にしていない。空にはいく千もの監視衛星と無人機が飛んでいる。その下をさっきからわたしはあるいている。わたしは一定の速度であるいている。からだの奥にわくなにかゆっくりとした曲とリズムに無意識に歩調をあわせてあるいている。おおむね並足で。そうするわたしはたぶんなにかに見られている。見るとは、ただ見るだけが、そして、監視はほとんど監視だけが目的なのである。のためには…はもうない。あまねく見て、あまねく見られている監視カメラ。監視するものをさらに監視するものをさらにさらに監視するもの。同前。悪意すらすりきれた、善にさえ見まがう悪をこえる悪の無限。ツ、ツウベッタ、ツウベッタ…。監視カメラを探知するデバイス。それをさらに探知する最新機器。認証システム。暗号化プロトコル。それらの絶えざる更新。あらゆる現象と言葉から、骨が融けるように、本質が融けおち、本質にせまろうとする意思がすっぽり抜けおちてしまった。本質にせまろうとする意思？　それがあらかた失われたことよりも、「本質にせまろうとする意思」といったフレーズが、ひたすら陳腐、空疎、軽愚かつアホくさく、テレビの通販CMと同等にわざとらしく、うそくさく聞こえるようにしむけてきたものはなんだろう。わたしは自問し、問いは問うたとたんに闇に融けていく。増殖する透明なボウフラたち。イヤサカイヤサカ。ツ、ツウベッタ、ツウベッタ…。わたしはあるいている。すなわち、とわたしは結語を急ごうとする。すべての諸現象には異系と同系と類型があるだけで、本質なるものはもうない。月夜の晩に、ツールとカーメが、つうべった。わたしらは、ツウベッタ。諸現象が本質を食いつくしてしまったのだ。ツウベッタのだ。もうどうにもならない。グアルダ。わたしやあなたが、もしも、ありもしないであろうホンシツなるものをかたろうとしたら、したがって、相当の奇異の目で見られることを覚悟しなければならない。わたしはあるいている。コラサーアノサンサ、コラサーアノサンサ。なにも急いでいない。急ぐ理由はない。ありませぬ。なにもかも手遅れなのだから。わたしはいまあるいている。厳密に申しあげるなら、はっきりとしたわたしではなく、どうやらわたしとおぼしいわたしが、あるいている。

だいぶまえに、最後のポラノン糖衣錠を両手で闇においしいただいてから一錠飲んだ。ニッポンチャチャチャのみんながポラノンを飲んでいる。わたしも飲んでいる。だから、まだ気分はわるくない。まだ。まだ、大丈夫。まだ。「まだ」って変な副詞だ。出来《しゅったい》するのがつよく予想される事態が、いまは発生してはいないとして、まだなどと言うけれども、とうに生起しているにもかかわらず、ひとびとは平気で「まだ」「いまだ」と言ってはばからない。ニセの未然。ひとは一生に「まだ」「いまだ」を何回つかうのだろう。まだ。いまだ。まだまだ。もういいかーい？　まあだだよ。もういいかーい？　まあだだよ。いいかと問われたときは、ほんとうは、まだもなにもあったものではない、たいてい花はすでに散っている。戦争だってそうだ。滅相もない、まさか、まだまだ、まだと言っているうちに、もうやっているではないか。仏教的に言ふならば、ぼんさんがぁ、へをこいたぁ…で、すべて終わっている。まあだだよ。そうおもいたいだけなのだ。わたしはあるいている。「まあだだよ」とあるきながら声にしてみた。重く抑揚のない声らしくない声が、口からでるというより、われ知らず、どろっとタールみたいに口から垂れた。わたしはあるいている。右手に神社らしきどろっとした影のかたまりがある。その奥の昏《くら》がりからかすかにジンタが聞こえてくる。ジンタ。ジンタッタ、ジンタッタ。わたしは子どものころ、あれをズンタと言っていた。ズンタッタ、ズンタッタ。聞きおぼえがある。けれど、たちどまらず、あるきつづける。一歩で十年。二歩で二十年。三歩で三十年……。線路の砂利が闇にひかっている。はるかなる野末《のずえ》の石の光りつつ見ゆる夜かも、である。野末の石の隙間という隙間に、無数のひとの眼球が上をむいて埋まっている。ひかっているのは石ではなく、きっと目玉たちだ。しずかなる夜はたけつつ野の石はいとど照りゆく、のだ。目玉たちを踏んづけてわたしはあるいている。ズンズン、ズンズン。この夜の軸が揺すれる。着弾音なのか地震なのか。わからない。どちらでもよい。ズンズン、ズンズン。ひとびとのなかには、「世界の門いまだ定まらざりしとき」「集まりし風いまだ吹かざりしとき」などと倦かずとなえつづけている者たちもいる。だとしたら、けっこうなことではないか。「いかずちの声いまだ鳴りとどろかざりしとき……」などと。いまだかつてあらず。未曾有。そう言いつのることで、行くてにまるで一縷の希望でもあるかのように、希望などどこにもありはしないのに、うすうすないと知りつつ、むなしくみなで唱和したりしている。大風がふきあれ、いかずち、もとい、いかずちがなんども鳴りとどろいているというのに、最悪の事態はまだおとずれていない、いつかは救われる、と。「美しき花いまだあらざりしとき…」と。美しき花いまだあらざりしとき…。美しき花いまだ咲かざりしとき…。真に美しい花は過去にも現在にもなく、未来にこそ咲く、とでも言いたげだ。そうなのだろうか？　わたしはあるいている。妻は死んだのだ。父も母も死んだのだ。子どもたちも死んだのだ。犬も死んだのだ。友だちもずいぶん死んでしまった。うしろの正面だあれ、とふりむいたら、もうだれもいなかった。だからひとりであるく。あな寂しかも。いっそ黙しよ、夜の深みに。でも、いままた、もうすでに戒厳令だという。そう聞いた。言うにこと欠き、まだ準戒厳令とも、事実上の戒厳令ともよばれたりしている。いやそうではなく、よりせいかくには「非常事態措置適用下にある特殊状況」ともいう。どうもはっきりしない。いつもそうなのだ。ま、ゆるやかな戒厳令的夜であることは、すくなくともうたがいない。つまり一定の戒厳令的諸事象はあるということなのだろう。破壊措置命令がまたでたらしい。ＰＡＣ－５があらたに配備された。すでに敵ミサイルにむけ何発か発射され、そのうち何発かが命中したという。国産戦術核兵器製造がうわさされている。まちがいなく戦争は戦争なのだ。けれども、暴力になんらの意思も感情もかんじられない。非常時だからといって、お笑いがなくなったわけでもないし競艇も競輪も宝くじ(「戦争ジャンボ」がよく売れている)もパチンコもテレビのワイドショーもある。ACジャパンがさかんに戦争CMをながしている。「ちょっとした勇気。もうやめよう知らんぷり。信じよう、わたしたちのニッポン！」。こんなにひとが死んでいるというのに、殺されているというのに、死刑執行は連綿とつづいている。爆撃があろうが大地震があろうが連日の絞首刑である。死刑執行の報道のたびごとに、ソーシャル・ネットワーキング・サービスの「いいね！」ボタンが五百万回もおされている。サムアップ。貧しきひとびとが「死刑いいね！」をつぎつぎにクリックする。「死刑いいね！」ボタンのそばに、「口臭、腋臭すぐなおります」のCM。ニッポンチャチャチャ。またぞろ新しいオージーがたちあらわれつつある。それはそれでいたしかたのないことではないか。「わが國は　四方《よも》に戰ふ。たゝかへど　おごることなく／緊《しま》りにし　万葉《まんえふ》びとの心をぞ／人は守《も》るらし――」と、国民意識形成機関NHKのラジオ番組で昔の詩を昂ぶった声で朗読した作家もいた。総理大臣がこのところ、しきりに「ニッポン国の平和と繁栄、皇室の弥栄《いやさか》を祈念いたします」と言うようになった。よく漢字を読みちがえるので有名な副総理が宮中のあいさつで弥栄を「いやさかえ」と読んだ。まさか宮中でジョークでもあるまいし、いやさか組も戦時のこのかきいれどき、たいへんだ。ポレポレ。「みくにのいやさかを祈ろう」が新宿の電光掲示板でくりかえし流されたりしている。「バッカじゃなかろか！」。そうさけんだ老人が若い通行人になぐられた。あいつぐ震災と軍事衝突で投機マネーがなぜか買いにまわり、貧者と失業者、難民が街にあふれているというのに、株価があがった。投機マネーは敵国からも入ってきているらしい。一九二二、二三年のドイツで卸売物価が一億倍になったあんなハイパーインフレにはまだおよばないけれども、ジャムパン一個千二百円というのだから、もうクリーピングインフレどころではない。あ、ほれ、いやさかさっさあ、あねこもさっさあ、やろこもさっさあ、浮世はなれた坊さんさえも、モクギョの割れ目が気にかかる、はあ、いやさかさっさあ、いやさかほいほい。わたしはあるいている。地面が揺れる。遠音にサイレンの尾の細っていくのを聞いた気がする。幻聴かもしれない。幻聴ではないのかもしれない。それらの区別がはっきりしない。きょうび、つきつめれば、ものごとに区別、境界などなくなったのだ。全と無。鎮魂と祝祭。出口と入り口。戦争と平和。陰謀とジョーク。テロとモバゲー。再生と癌化。晴れと褻《け》。狂気と正気。詩と地口。世界空間と便器空間。血と花。漫才と政治。かつてなかったものとけっしてありえぬもの。美しき花いまだあらざりしとき、不思議な花がそこここに咲きみだれている。花は咲く。美しき花いまだあらざりしとき…。

わたしは線路上をあるいている。ずんずんとではなく、とろとろとあるいている。慈覚大師・円仁のようにゆっくりとあるいている。専心にあゆみつづける。円仁は一日に四十キロの山道を、一か月間、つごう千二百キロもあるきつづけた。そうしたら、ひとも獣も植物もすべてが文殊菩薩の化身のように見えてきたという。わたしはあるいている。いくらあるいてもあるいても闇だけだ。文殊菩薩など見えやしない。しかたがないのでひとりごとを言ってみる。これは諺ではない。地口でもない。念仏でもない。ぼんさんがぁ、へをこいたぁ…。なにもおきない。もういちど。ぼんさんがぁ、へをこいたぁ…。なにも見えない。わたしがわるいのだ。イントネーションをまちがえている可能性あり。そうだ、修業が足りないのだ。文殊菩薩はんはでてこない。わたしはあるいている。ときおり足のかかとで星をふみつけ、あるいている。闇にいくすじかの走り根が這っている。惛がりに畝らしい筋も見える。逍遥という概念がまだしも存在していた前世紀、あるくということをもっとも詩的な活動と言ったひとがいた。逍遥、しょうよう、せうえうとはよく言ったものだ。死の行軍、逃避行、飢えてさまよいあるく群れ、どこまでも果てることのない死者の行列が前世紀にだっていくらでもあったのに、どうじに、そぞろあるき、せうえうというものもあった。わたしはだが、いませうえうしているのではない。すでにして廃線になっているかもしれない引き込み線上をひとりであるいている。空爆をまぬかれた球形のガスタンクかドーム——あれが、いま人気の第三セクター「市民無痛安楽終末期センター」(通称「自殺ドーム」)の施設だろうか——のようなものが遠くにいくつか銀色の瘤《こぶ》のように見えるけれども、高層のビル群はない。おそらくもともとないのだ。そのぶん、宙が異様に巨きく広い。なにかがなにかをかぎり、劃するということがない。そこはかとない不安はかえって、じぶんも風景も時間も、かぎられず劃されておらず、かんぜんには毀されていないことからきているのだろう。けれど、たとえ不安はあっても、ミズクラゲにでもなったようなこの浮游感はえがたいとおもう。ゆらゆらといいきぶんだ。わずかな不安がつきまとうにせよ、じゅうぶんにひきあう。なんにせよ損害ハ軽微なのだ。わたしはゆっくりとあるく。このレールはいったいどこへ延びているのだろう。いま便意はない。尿意もない。復唱。皇室ハ御安泰ニワタラセラル。際限のないことからくる逆説的不安は、長きにわたり限界、限度、境界、領域、領野、区分、範疇という幻想に慣らされてきたわたしらのわるい嗜癖にすぎない。きみのみよにわたらせたまはんをみまゐらせでへひりさうらはんことこそくちをしうおぼえさうらへ。もとい。きみのみよにわたらせたまはんをみまゐらせで、しにさうらはんことこそくちをしうおぼえそうらへひりむし。ワタラセラルル。「する」ことをわざわざ「させていただく」と言うようになったのはいつからだろう。ファックする、ではなく、ファックさせていただくと言うことで事態がいったいどれほど改善されたというのか。「させていただく」は、およそこころの実をともなわない、無意味な悪弊である。だが、このことでもわたしは争わない。ファックしていただく、ファックさせていただく、と言いたいひとには、そう言っていただけばよいのではないか。いちいちなにも目角を立てることではない。デデレコデン、デデレコデンデン。わたしはいま、浮游感を浮游感として、なにはばかることなく愉しんであるいている。湖底をあるくようにして陸をあるいている。内臓をずぼっと抜きとられでもしたようにからだが軽いのだ。妻子が死んだというのに。親たちも死んだというのに。白状するならば、わたしにいまこれといった葛藤はない。おだやかである。ジブン御安泰ニワタラセラル。とてもなごやかである。この惛さにたいしてさえ、なごやかなきぶんである。しかし、これは生きたひととして適正な感情であろうか。ただいま、美しい国ニッポンチャチャチャの戦時なのである。ぼんさんがぁ、へをこいたぁ…などと言っているばあいであろうか。それがこのさい、適切なきぶんと言いうるか。精神医学界がこのところ増加を懸念している「反社会性人格障害」ではないところの、適正感情かどうか。どうだべが。適正とはなにか。適切とはなにか。わたしはしずしずとあるいている。無限定適正意見。財務諸表監査等の監査人による監査において表明される意見で、一般に公正妥当とみとめられる監査の基準にしたがって監査を実施した結果として、監査対象となった財務諸表等について虚偽記載等が発見されず、記載内容が妥当であるという相当の心証をえた場合に表明される適正な監査意見。お見事。グブグブ。笑え。適正に笑へ。適切に笑へ。都市公園での所有者不明ネコ適正管理推進事業やて。公園のネコに避妊および去勢手術を実施して、一代かぎりの命となったネコを適正に管理するとりくみなんやて。その都市公園に流浪者があふれている。所有者不明ネコ、イヌたちをとっつかまえて食っている避難民もいる。赤犬のスープはからだがあたたまる、と。もの言へど、言《こと》もかよはず。コラサーアノサンサ、コラサーアノサンサ。わたしはあるいている。てきせいに。てきせつに。そうそう、「セント・ピータースブルグ宣言」(一八六八年署名)というのもあったな。正式名称は「戦時における重量四百グラム以下の爆発性発射物の使用を放棄する宣言」。アネクドートではない。ロシア皇帝陛下の招聘により、十七か国代表が参集した会議で採択された、れっきとした国際宣言、英知の結晶なのであった。すなわち、戦争で被弾したひとびとに不適切、不必要な苦痛をあたえないように、重量四百グラム以下の爆発性または燃焼性の物質を充塡した発射物の使用を禁じる、というジンドウ宣言。ポレポレ。わたしはあるいている。かつてあったもの、かつてなかったもの、また、けっしてありえぬはずだったものが、闇夜に湧出している。言葉とは反言葉でもあったし、いまも、反言葉もまた言葉である。言葉とは荒誕からの鋳《い》だし。鋳だされた空洞の鉄の仏像。瀬戸の聖母像。言葉とは、暗灰色ないし黒色の、斜長石、輝石、橄欖《かんらん》石などをふくみ、緻密で、でたらめななにかだ。などはつねに曲者だ。万世一系のニッポンチャチャチャが世界に誇る副助詞、など。さえ、まで、ばかり、だけ、ほど、くらい(ぐらい)、なんか、なんて、なり、やら、ぞ、ずつ、だに、すら、さへ、のみ、ばかり、し、ばし…など。ぼんさんなどがぁ、へなどをこいたぁ…。ププイ。トコドッコイ。わたしはひとりであるいている。きもちよくあるいている。てきせいにあるくなどしている。しいられてそうしているのではなく、おのずからあるいている。あるかせていただいているのではなく、わたしはわたしとして、ゆっくりとあるいている。ポレポレ。みんな死んだ。あな寂しかも。いや、なにも寂しくはない。じぶん、はっきり言って、どこかせいせいしている。言葉の始原は、きっと、沈黙の海であったはずだ。こうなったら、そこにもどることはできないものか。沈黙の海原に。黙しつくす海溝へ。ズンズン、ズンズン、ズンズン。地響きがする。重量数万トンの爆発性の物質を充塡した発射物などが、ひとびとに不適切、不必要な苦痛などをあたえないように、一発でぶち殺すように、使用されるなどしている。いやさかいやさか。わたしはあるいている。側道ではなく線路中央をあるいている。夜明けも落日もまたず、日のめぐりをなにも期待せずに、ただあるいている。むかって右の側道を顔半分にマスクをしただれかがやってきた。老いた女だ。髪ふりみだし、猫背にして。うっかりすると、マスクだけが闇に浮かぶ。なんだかやけに長い腕の先に青色LEDみたいにぼうっと光るものがあるようだ。あれはなんだろう。剃刀ではないだろうか。夜目に赤黒い痣《あざ》が見える気がする。二の腕だ。魚の形の痣。とすれば、妻だ。だが、見えるわけがないではないか。見えるわけがないなら、見えないのだ。錯視だ、錯視。マスクの主の輪郭はわたしの記憶と記憶のなかの感情の筋にすりあわされる。ちかづく。「どうも…」とわたしは言わない。「どうも…」とむこうも言わない。急激に心臓が鳴りだす。ズンズン、ズンズン、ズンズン。あのなで肩はひょっとしたら妻ではないか！　妻だろうか。生きていたのか。ずっと洗っていないであろうあのねっとりとした髪のにおいで、わたしはなにかがわかったが、とっさになにもわからないふりをしてしまう。いますぐ震える声で、震えたふりをして、訊くべきではないのか。おろおろと。もしもし、もしもし、もしもーし。失礼ですが、あなたはひょっとしたら、わたしの妻ではないですか？　子どもたちはどうしましたか？　生きていますか？　と、結局わたしは問わなかった。むこうも、この最低男が、あたしたちを見棄てておいてなにをいまさら！　とは言わなかった。老女は黙ってマスクごと顔をふせた。わたしも黙ってうつむいて、やりすごす。長い。長い。女が離れてゆくまで、髪がわたしの背にはりついてしまったように、長い時間がかかる。やっと跫音《あしおと》が消えて、わたしはほっとする。ひとちがいだ、あれはたぶん妻ではなかった。そうおもうようにする。そうおもうことにした。そうおもうほうがいい。わたしはあるいている。戦時である。震災もかさなっている。と、問題を状況一般のせいにする。生きわかれ、すれちがい、かんちがい、ひとちがい。

『君の名は』。「忘却とは忘れさることなり。忘れえずして忘却を誓う心の悲しさよ」だ。そんなことはよくあることではないか。ポレポレ。わたしはあるいている。げにすべなしや、あるくほかなし。きょうこに逢いたい。わたしはあるいている。プランプラン。闇夜をありく。あっ、むこうから人声がする。二人か。くっきりとした声で話しながらやってくる。「こんにち、われわれは戦争状態にあり、なんぴともこのポレモスのもっとも文明化された、純粋なる極致からのがれることはできないのであります」。「そうだそうだ！」。「これは人間の零落でも失墜でも堕落でもなく、まさに劇的昇華なのであります」。「そのとおり！」。「かんがえてもみてほしい、いまほどこの国にフィリアがもっとも自然なプロセスで生成されている時期はないのであります。好ましいだれかを求め、ひたぶるに欲すること。そのために戦うこと。じぶんのためではなく、かれら彼女らのために、美しい国のために涙するという感情。友愛、友情、愛、いつくしみ。わたし、あたし、おれ、おいら、ではなく、われわれ、わたしたち、というみんながつらなった協調と共感の感情こそ…花は咲く、なのです」。「そやそや！　せやせや！　そうやがな、そうやがな、そうやがなあ！」。演説をぶっている男とはやしたてている男。ぶっている声は低音域で、はやしたてている男はそれよりいきなりオクターブが高くなり、ほとんど黄色い声である。ぶっている男はつよい同調のかけ声に感動してか、ときどき涙声になる。しかし、黒にちかい鉄錆色の側道をやってくる男は、いくら目をこらしてみても、首から難民ＩＤカードをぶらさげ、マスクをした、たったひとりの痩せた男なのであった。ひとりが二人分をしゃべりわけている。やってくるひとりの男は外形はひとりでも、おそらく内面にいる二人で自己内対話をしているのである。すれちがいざま男がわたしに言った。「こんばんは…」。もうひとつの声がそれにかさねて黄色い声で言った。「コンバンワン！　ポポポポーン！」。自己内有声対話の男は闇にかき消えた。おもえば、松本三重吉さんの息子、麻吉さんもおなじような症状であった。ただし、麻吉さんの自己内有声対話は、ポレモスとかフィリアといったいかにも高尚ぶった内容ではなく、引用もはばかられるほど下品で意味のない話ばかりだった。女性難民のまえで「ヤバ！　パコれんじゃね？マジ、パコれんじゃね？」と、聞こえよがしにわけのわからない言葉のような、言葉ではないような裏声をはっしていた麻吉さん。即座に重々しい声で「やめなさい、麻吉。いけませんよ、麻吉！」と言って、いさめるのも麻吉さんじしんなのであった。みずからをはやしたてる自己内他者を有するさっきの難民と、おのれの言動を制圧する自己内他者という心的機制をもつ麻吉さん。どちらがより好ましく、どちらがより陋劣《ろうれつ》なのか、道すがらいくどかかんがえてみたけれども、わたしにはわからない。けっきょく関心がないのだった。父親の三重吉さんはしゃべくる息子を黙って見るでもなく見ていたが、ほんとうはなにも見てもいなかったのかもしれない。わたしは三重吉さんをうとましいとおもったことがなかった。ほとんど惹かれていた、と言ってもよい。どうしてだろうか。あのなんでもなさがわたしにはよかったのかもしれない。非在感。オブラートほどうすい半透明の影。かれはひとというより、空《あ》き殻《がら》のような、とるにたりない物質であった。そうわたしはおもい、ひと呼吸おいて、ひとはみな空き殻のような、とるにたりない物質ではないか、というかんがえが水切りの礫《つぶて》のように胸をかすめた。しかし、と言うのもおかしいけれども、三重吉さんはよく放屁した。言う価値もないと言われれば、話はそれまでである。わたしもそうおもわぬでもない。こんなときに尾籠《びろう》な話はなるべくしたくない。ただ、わたしはかれの認知症説や失声症説にいちまつの疑問をもっていたので、それとのかんれんで三重吉さんの放屁行動に、尾籠云々の問題とはべつに、いっときすこしく興味をもっていたことはじじつである。かれはよく無表情で屁をひった。おぶわれていても背中で平気で放屁した。そのこととかれのもののかんがえ方や腹部が夜間にぼうっとひかることには、なにかの情動的な、ないしは生理的な関係があるのではないのか。そうわたしはうすうすかんじていた。一方、麻吉さんはあまりおならをしなかった。それに麻吉さんの腹部は父親とことなり、夜でもまったくひからなかった。登録難民たちのもとには、ごぞんじのとおり、ＡＫＢ48をはじめとしてとても有名な歌手や俳優、首相や閣僚ら政治家、皇族、スポーツ選手、アメリカなど各国の大使夫妻らが、われもわれもと慰問にきて、うたったり踊ったり握手会をしたり難民たちをハグしたりしてはげましたのだが、麻吉さんはそのたびに興奮して、「ウワ、これヤバくね？　パコれんじゃね？　ウワ、マジ、パコれんじゃね？　パコパコしよ、パコしよ！」とさけぶとともに、すかさず「やめなさい、麻吉。いけませんよ、これ、麻吉！」と、まったくちがう声でみずからがみずからをきびしくいましめ、親の三重吉さんはと言えば、よりによって歌やあいさつの直前や直後の水を打ったようなしずけさと感動的空気を、ちょうど巨大なチャルメラのような音色の放屁でぶちやぶり、それがしかもアルゴンガスが封入された窓の複層ガラスもびりびり震えるほどの音量だったものだから、ＳＰや警護の警官たちは、すわ、テロではないかと要人をかこんで身がまえて拳銃をぬいたほどなのである。事後、それが三重吉さんの臀部開口部による世界でもたぐいまれな大摩擦音であるとわかっても、反社会的意図とはあくまでも無関係な知的障害者による「偶発的放屁現象」(この修辞的フレーズは、かつて福島第一原発のまぎれもない大爆発を「爆発的事象」と言ってのけた、耳のとても大きな内閣官房長官の言語用法を想起させた)として内部的に処理され、戦時とはいえ障害者保護のたてまえもあって、だれも表面は笑いも怒りも憤りもしなかったのである。ポレポレ。松本三重吉さんは結果、身柄逮捕されずにすみ、テレビ撮影のさいに収録されてしまった三重吉さんの放屁音(ノイズ)と麻吉さんの奇声は、爆撃現場や地震被災地のおびただしい屍体映像とどうように、権力機関がそうせよと指示したわけでもないのに、報道機関によって例によってきれいさっぱり編集され消去されて、つまり、まったくなかったこととして放送されたのであった。したがって、沈黙の老人がひきおこした一連の放屁さわぎは、だれも知らず、わざわざ慰問にきたひとびとだけが、驚愕や嫌悪、さげすみの感情をそれぞれの胸に刻んだだけである。できごとというものはそういうものだ。報道とはすなわち屁である。報道と放屁はじつに酷似している。なにがおきたのか、なにがおきなかったのか、臭いか臭くないか、意図と計画性はあったかなかったか、容易にわかるものではない。できごとも動機もないほうがよいとみなされれば、できごとも動機も、あってもなかったことにされる。「あった」と「なかった」の差はいま、皆無か、ほとんどない。三重吉さんの放屁になにかの謀《たばか》りもまったくふくまれていなかったか、かれはほんとうに言葉を話すことができなかったのか、かれの腹部は本人の意思とまったくかかわりなく燐光をはなったのか。妖しいルミネセンスを…。それらはあのもの言わぬ老人だけが知っている。いや、三重吉さんさえじつは知らない挙措と現象というものがあるのかもしれない。ひとびとの主体的な意思や意識とは無関係におきてしまうのが不随意運動だ。だとするなら…わたしのかんがえは惛がりでいきなり飛躍する。いまのこの戦争にしたって、三重吉さんの放屁とほとんど同質の、人間というどうにもならない生き物の不随意運動とは言えないだろうか。この戦争を不随意運動＝放屁呼ばわりしたら、ニッポンチャチャチャだけではない、敵国だって怒りだすだろう。怒りたい者はどうぞごかってに怒るがいい。しかし、こだわるようだが、三重吉さんの放屁行動には、いわゆる不随意運動とはおもえない、あえて言うならば、絶妙のタイミングがえらばれていたし、そこには一定の意思や意識がはたらいていたのではないかと、おもうときがある。そうおもいたいだけなのかもしれないが。会場の善男善女たちが集合的共感にひたりきり感涙にむせぶ、まさにその直前か直後に、三重吉さんの「不同意」の意思が、もっとも聖なるものをバカにする不作法きわまりない大音響として、なかば意識的にかれの開口部から発射されたのではなかろうか。そうおもうときがある。が、わたしはそうかんがえたいだけなのかもしれない。そうおもひたひのだ。三重吉さんを、なにもかたらずにただ「屁をひるバートルビー」にしたてあげたいだけなのかもしれない。でも、んなこた、もうどうでもよい。よさくがぁへぇをひるー。とんとんとん、とんとんとーん。わたしはあるいている。わたしはパコパコとあるいている。そぞろにむなしい。きょうこに逢ひたい。わたしはひとりであるいている。なにかの影が、闇をすって濃くなりまさり、ひたひたとわたしについてくる。左手はどこまでも高い壁。右手は側道。そのむこうの地面らしきものの盛りあがりと、その上の点々と黒い輪郭は、あれは墓群であろうか。あれが「喉にひらいた墓」なのだろうか。わたしが登録難民だったころ、グループのリーダー格であった迫水という声の大きな男がよく聖書を朗読した。「みな迷い、だれもかれも役にたたない者となった。／善をおこなう者はいない。／ただの一人もいない」。三重吉さんがそこで屁をひる。迫水が朗読する。「かれらの喉は開いた墓のようであり、／

かれらは舌でひとを欺き、／その唇には蝮の毒がある」。三重吉さんがすかさず屁で間《あい》の手をいれる。わたしはあるいている。わたしはたちどまらない。みんなみんな死んだのだ。わたしはあるいている。

わたしはあるいている。ポロポロとあるいている。線路をあるいている。ポロロポロポロ。それだけのことだ。左手の壁は問答無用とばかりにずっとつづいている。そうおもわれる。それはなにか不合理な実在感であるとともに途方もない非在感のつらなりである。どこまでもとどこおる時間の掩蔽《えんぺい》。無のたちふさがり。それではなんだかたまらないので、わたしはあるきながら「カ・ベ」と口で音をこしらえてみる。カ・べ。わざと前言語期の声音をだしてみる。カビービー。三角間隙鋸歯状波。カッベー。カカ、べーべーべーべ——。つづける。カーべ。カベッチョ。わたしはあるいている。カベッコ。カベベコ…。愊がりで顔が赤らむ。おまえ、やりたがりのカベッチョめ。壁をいやらしく侮蔑してやる。カベベコ、パコパコしよ、マジ、カベパコしよ！　カベマンめ、ざまをみろ。わたしは闇をあるいている。いつまでも壁に抑圧されながらあるいている。とどこおる時間の奥の闇—壁。そこに埋められた徴《しるし》、夜の花のようなものを、あるきながら闇ごしにうかがう。ふとおもう。壁のなかから、一輪の青い野の花になって、きょうこがすっとぬけだしてこないか。きょうこ。あとの者たちはよい。あとの者たちは、みんなこのまんまずっと壁のなかに閉じこめられておれ、あとの者どもは…。父もでてこなくてよい。母もでてこなくてよい。妻も壁のなかにおれ。子どもらも壁のひととなれ。壁人に。犬も壁のなかで糞をし、吠えておれ。みんなが壁のなかでねむり、壁のなかでかたらい、壁のなかで排泄する。かくして糞の壁ができる。糞の壁には、理のとうぜん、糞の門がある。迫水は夜中に朗々と朗読した。「糞の門を補強したのはベト・ケレム地区の区長レカブの子マルキヤである。かれはそれを築きあげ、扉と金具とかんぬきをつけた…」。三重吉さんが疲れた吐息のような屁をひった。わたしはあるいている。わたしがあるいていることはなんの証明にもならない。偶然といえば偶然。それを承知で気ばらずにあるいている。壁の上に、闇ににょっきと突きでた、尖端の細い影がある。塔か。糞の塔。尖塔。壁や塔というのはたいていろくなものではない。壁のなかに教会でもあるのか。いや、あれは監視塔だろう。そうにちがいない。だれもが監視され、だれもがたがいに監視しあっている、そういう時代の塔だ。ズンズン、ズンズン…。砲声がする。壁がズーンズーン、ズーンズーンと反響する。耳鳴りがする。そうしてわたしはあるいている。あっ、花火だ。音はない。闇が火の玉に上空から照らされる。光度六十万カンデラの、たった一分間の真昼。その間に、見るべきものは見よ。凝視せよ。ありとある目よ、つぶれてしまえ！　しきしまの倭《やまと》の疱瘡を照らしつくす照明弾。火の玉がじょじょに小さくなり、光りの尾を曳いて落ちてくる。火の時雨だ。明るい！　その下をわたしはあるいている。レールがうわばみになってくねり、黒びかりしている。わたしは上気してあるいている。線路のむこうにきょうこの影をさがす。いない。いるわけもなかろう。斜めにふりしきる黄金色の火の時雨。ああ、いつだったか、これを見たことがある。ホイッスラーの「落下する花火」。わたしたちは、ではない、わたしは、わたしの畏怖のうちにおそるおそる闇を見あげなければならない。われわれは、ではない、わたしは、わたしだけの恐怖のうちに闇を見あげなければならない。そのなかに判然としないもの、闇よりもいとどしく濃い、なにかシルエットのような気配をみとめなければならない。わたしは粛々とあるいている。闇は界《さかい》をなさない。いまここにある闇、ハノイの闇、ラサの闇、廈門《アモイ》の闇、アディスアベバの闇、そしてチェルシーの濃いスレート・グレイの(絵ではやや緑がかった黒の)闇。こぼれあい、わきあい、流れあう闇たち。わたしたち、は、そこにいない。それぞれの、だれでもないわたししか、闇にひそむことはできない。なにものか判別不能のうごめき、息づき。チェルシーの闇に深々とおおわれた貧しい端切《はぎれ》屋。あくまでも愔い、そのドア口に立っているとおぼしい、ぼんやりとした白い服の、どうやら女児らしきすがた。窓のまえの霊のような、通行人のような、もしかすると無人の空間のようでもある、淡くけぶる、シルエットのようなもの。世界のすべては識別不能である。きょうこもそうやって闇によどんでいはしないだろうか。ありえないのか。なぜそうであってはいけないのか。判別のあたわぬもの、朦朧たるものを、それとしてそっと在らしめることはゆるされないのか。わたしはゆらゆらとあるいている。壁ぞいの線路をあるいている。むこうから青っぽい非常用作業服を着た男たちがきた。二人だ。若そうだ。自治体の職員だろう。だめもとでポラノンをわけてくれないかたのんでみようか。と、おもったら、愔がりごしにそのうちのひとりから声をかけられた。「おつかれさまでーす。おたくさん、ナニジンですか?」。すぐにつづけておなじことを中国語らしい外国語で訊かれる。你是哪国人《ニーシナークオレン》?ナニジンってなんのことだ、だしぬけに失礼じゃないかと、とっさに言いかえした。するとちょっとあきれ顔になって、登録難民カードの番号をおしえろと言う。そんなもの捨ててしまったよと答えたら、わたしのような者への対応にもう慣れているのか、さしておどろきもせずに「えっ、じゃ、せめて三桁の組番号とかカードの色とかストラップの色とかおぼえてるでしょ？」とたたみかけてくる。そんなもの知るかと言うと「えっ、じゃ、携帯番号とかPCのアカウントナンバーとかユーザーアドレスとかURLとかIPアドレスとかドメイン名とか検索エンジンとかコンピテンシー評価記録とか…」とかと、しゃべりつづけるので、一気に黙らせようと、ここは昔とった杵柄《きねづか》、ほんとうに殺す気で金的《きんてき》蹴りをこころみたのだが、あるきつかれているので足が闇を蹴り、肝心の金的をはずしてしまった。ひらりと身をかわしながらむこうは「コミュ障の喪男《モオトコ》だよ、こいつ。その発想はなかったわ。死ね！」とか吐きすてて、同僚に目くばせし、無言で小さくうなずきあうやいなや、あっというまに闇の奥に消えてしまった。いやなやつらだ。かれらの背にポラノンはないか問おうとしたけれど、あんまり悔しいので、問うのをやめにして、わたしは線路をあるきつづける。わたしは金的蹴りに失敗したことですこし落ちこんでいる。喪男と言われたことにこだわっているのではない。どのみち、やつらの用語にはついていこうったって、とてもではないが、ついていけるものではない。それより、なにがいやといって、そばにいるこちらをわざと無視して、やつらが無言でなにやら目くばせしあうことぐらい不愉快なことはない。目くばせされると、急激に不安になる。かれらは言葉なしでもいっしゅんでなにごとか暗黙裡に了解しあう。さも深く了解したような顔つきをする。こちらはのけもの。それがなんだかいやだ。ほんとうにいやだ。おそらく、連中はこちらが不安がり動揺するのを見こして、というのか、もっぱら不安がらせ動揺させるのだけを目的に、故意に目くばせという安っぽい芝居をするのだ。そうでなければ、堂々となにごとか口にすればよいはずではないか。目くばせというのは、「殺せ！」とさえ言わずに、視線のほんのかすかな移動だけで、家来に気にくわない者の首を即座に斬りおとさせていた明の朱元璋の残忍なやりかたをまねているようなものだ。ああしたやりかたはゆるせるものではない。生き埋めにしてやりたくなる。この線路際に生き埋めにして、首だけ地面にださせ、ここは大人のよゆうだ、遊びごころというものだ、口に赤い罌粟《ケシ》の花でも一輪ずつくわえさせてやるべきだった。そうやって照明弾にでも照らされればよい。曳光弾でもよい。反省などもとめない。そういう問題ではない。かれらも歴史の被害者なのだから、国家と時代の犠牲者なのだから、〈病むべくはぐくまれながら、すこやかにと命じられてきた〉のだから…

そんな言い方も、もう手垢がついている。いやらしい。まったく無効だ。やつらを闇夜の線路際に生き埋めにし、口に深紅の罌粟をくわえさせる。それでよい。ぐじゃぐじゃ言うべきではない。わたしはあるいている。ポロポロ。ポレポレ。きのう、ボランティアからもらった賞味期限切れのヨーグルトの蓋のうらに、「口数のすくないひとの話に耳をかたむけよ(大阪の山本さん)」と印字してあったのをひょいとおもいだす。どうでもよいことだ。妻は掃除のできない女だったが、口数がとても多かった。口げんかしたら、口がとんがり機関銃になって、だれだってかならず負かしてしまう。いまも左手の壁のなかで、だれかをやりこめているかもしれない。妻は死んだのだ。子どもたちも死んだのだ。きっとそのはずであり、もういたしかたのないことだ。わたしが殺したのではない。殺すはずがない。妻はよいひとだった。子どもたちもよい子たちだった。犬も、わたしにはなつかなかったが、妻と子どもらにとってはよい犬だった。ビッチ。震災と戦災がかれらを殺した。口数と震災と戦災。なんの因果もない。わたしはただ悲しむべきなのだ。悼むべきなのだ。妻子を喪った男がすべき痛々しいそぶりをしなければならない。身も世もない、というのではすこし演技過剰か。そう、沈痛な表情。それがいまテレビや世間様にもとめられている態度というものだ。

わたしはあるいている。監視カメラや無人偵察機をのぞけば、たぶん、だれも見てはいない。でも、だれも見てはいないからといって、わたしはせいせいとするべきではない。闇夜にほくそ笑んだり、なにか冴えかえったような心もちになるべきではない。じっさい、だれも見てはいないなんてありえない。闇の奥からだれかが見ている。壁の目。糞の壁の目。砂礫《されき》に埋もれたたくさんの目もじっとわたしのこころを見ている。だいいち、わたしじしんが見ているじゃないか。天知る、地知る、われ知る、だ。わたしは家族を失い、みんなからはぐれて、悲しむばかりであって、これっぽっちもせいせいとなんかしなかった…などと神かけて、胸をはって言えるだろうか。悼むよりもなによりも、このどさくさにまぎれて、いっそのことすべてを消去し、リセットしてやりなおしたい。えーっ、御破算でねがいましては…という衝動をいちどだってもたなかっただろうか。わたしはあるいている。かならずしもせいせいとしてはいない。うつむいてあるいている。愊がりをわれつきありく。わたしは羊みたいに平和で魯鈍な茶色い目をした妻の兄、篤郎をどうしてあんなにもきらったのだろうか。あれだけ安定的で持久的に、およそ変化というものをしない、まっすぐな人糞みたいな好人物はそうそういるものでない。わたしがわるい。あんなにもきらう理由はなかったのだ。

馬面。もそっとした、いやに太い足首。温厚篤実誠実寡黙鈍感愚鈍が服を着ただけのアホ。いや、すまん、わたしがいけなかった。あの駑馬男。わたしを見るときの、どこまでも柔和でやさしく、しかし、気づかれぬていどにほんの一瞬だけひからせるさげすみの視線。やつが親戚をあつめて、さもうれしげにやった浜辺のバーベキューパーティー。Anywhere Is…わたしには眩しい陰画だった。ひとかたまりで三十トンもの巨きな波消しブロックの列。白々とした盤石の日常。藍玉色に光る海。夕ちかくになるとオパールグリーンにもなった。そこでキスを釣った。イシモチもかかった。食べた。篤郎のからだのように鈍重な六脚の波消しブロック。その上でみんなが笑っていた。口―黒い穴。目―鋳つぶした黒い穴。いつか大津波がきた。なんどもきた。あれらの波消しブロックがまるで発泡スチロールのように二キロも流された。遺体写真。身体各部位。穴と骨と髪と陰毛。深い森のような陰毛。それらにへばりつき、食らいついていたシャコ、ウニ、タコたち。わたしはあるいている。ひとりごちる。「忌まわしい塩水に浸かった死体ガスの袋」。わたしはあるきつづける。でたらめを言いながらあるく。「ぼくは生きながら死人の息を吐き、死人の体を踏みつけ、あらゆる死人どもの小便くさい屑肉をむさぼり食らうのさ…」。だぼらをつぶやく。篤郎は地球上の大多数の人民とおなじく、たいくつなだけでとくにわるくはなかった。わたしがよくなかった。屍体。「これが海変りってやつだ。茶いろの目が塩水の青に。海の死。人間の知るあらゆる死に方のなかでいちばん安楽な死に方…」。口からでまかせ。わたしは言いたいほうだいだった。Anywhere Is …海辺ではいつもエンヤの曲がかかっていた。何回聴かされたことか。寄せてはかえす、わたしには不穏なα波。追いまくられているようで怖かった。とても食えたもんじゃない無添加オーガニック自家製パン。牛の下痢みたいな自家製無添加バーベキューソース。走りまわり、だれかれかまわずしがみついて腰をヘコヘコする未去勢のバカ犬。かわいそうだから、と犬のチンチンをしごいてやって一日に二度も射精させていたやつの娘たち。そのあと目をどんよりさせてぐったりしていた犬。虚ろな犬の穴—瞳。Anywhere Is …日常の穴。篤郎の妻、つまりわたしの義理の姉。いい歳をしてたしか歯列矯正のメタルブラケットを装着してはいなかったか。Anywhere Is …どこで習ったのやら、フェラチオが上手だった。舌先を尖らせたりして。昔、波消しブロックの陰で三回ほどやってもらった。「あっ、痛い。歯列矯正のせいかしら、三叉神経痛なのよ…」。言いながら舌先で玉《たま》や玉の裏だってなめてくれた。三叉神経痛。Anywhere Is …みんな、みんな死んでしまった。わたしがわるかった。ひとの世には、さらさら疑あるべからざる共同性や共助の精神があってしかるべきなのに、わたしは「共同参画社会」や「公共性」を天からバカにした。プライベートなものとパブリックなものがトーストとバターのようになじんでいる篤郎の一家といると、わたしはなぜだか耳の大きな叛逆天使サタンのきもちになった。篤郎の太い足首、ウスノロそのものの動作、およそ冗談というものを解さない、というか、わたしの下劣なジョークに怒るでもなく、さも憐れむかのように、五秒も遅れてやっと反応してうすく笑った。わたしは一九三〇年代のイカレたファシストのようにいらだった。民族浄化をとなえる狂信者みたいにあの男の柔和と凡庸と、そうだ、賞味期限の切れた豆腐みたいな体臭をきらった。「忌まわしい塩水に浸かった死体ガスの袋」。かれはなにもわるくなかった。わたしがおかしい。まちがっていた。壁を一瞥し、さも詫びるふりをして、ついついおもってしまう。篤郎たちよ、このまま壁に埋まり壁のなかでねむっておれ。線路をわたしはあるいている。悲しむべき局面なのに、ほんとうのことを言えば、あまり悲しくはない。あまり悲しまないのはひととしていけないのだろうか。わたしはあるいている。闇の流れに見えない堰《せき》をかんじる。そこにたくさんの屍体が、押しあいへしあいする流木のように、とどこおっているのをかんじる。ドスドス、キシキシ、ヌタヌタ。屍体の筏。からまりあったそれらを解《ほど》いて、流すべきであるとおもう。死者たちを流してあげるべきだ。「死んでいる者たちに、じぶんたちの死者を葬らせなさい」だ。わたしはあるいている。あるき流れている。わたしがいた登録難民のグループもほとんどが死んだらしい。口からはらわたを噴きだして死んだのもいたようだ。サーモバリックってそんな爆弾だ。爆薬と金属破片の飛散でひとを殺すのでなく、爆風とものすごい衝撃波だけで、ひとをアブストラクトな形にしてしまう。ミンチにならなくても、人体の開口部という開口部から内容物が飛びでてしまう。目から眼球がまるごと。耳から髄液が。鼻から脳みそが。そして口から胃や腸が。口。迫水も口から臓物を吐きあげて死んだのだろうか。「口数のすくないひとの話に耳をかたむけよ」か。迫水は口数がすくなくなかった。つばきをとばしてよくしゃべり、よくうたった。闇夜でも朗々と話し、うたいあげたものだ。わたしがあの登録難民のグループから脱出した直接の原因は、たぶん迫水の存在だった。やかましかった。あの種の男というのはいっぱんに大声であり、早寝早起きで、ラジオ体操を愛し、うっとうしいほど世話好きで、世話とおせっかいをやきながら、それとなく群れを仕切りたがるものだ。それに無秩序や沈黙、無声音、意味不明の喉音、言いよどみを、なんとなく悪いこととときめつけ、だれに委託されているわけでもないのに、身銭をきってまでそれらをただそうとする。迫水というその男がそうであった。生まれながらの民生委員。町内会長。じつにやわらかな口調ながら、ある日、わたしにもいっしょに歌をうたうことと朝のラジオ体操に参加することをもとめたのだ。「ね、あきらめずに、みんなでうたいましょうよ。からだをうごかしましょうよ」。わたしはそれで群れからの離脱をきめた。それからは瓦礫の原と荒れ野をひとりであるいている。どうということはない。ポレポレ。漕いできた数かぎりない昼と夜とを反芻しながら、やや差し足ぎみにあるいている。といって、怯えているわけではない。迫水は無内容な授業で声帯をきたえぬいたにちがいない、ひとなみはずれて声のバカでかい元大学教授だった。教授であれ連続強姦犯であれ、歌とラジオ体操を難民にまでもとめるのはよくない。とてもよくない。大声もよくない。せめて消えいりそうな小声でたどたどしく「美しき、花、いまだ、あらざりし、とき…」とでも言われたならば、松本さん親子もいたことだし、あの域内移動登録難民のグループになんとかがまんできたかもしれないのに。「もしもわたしたちが自尊心を欠くならば」と迫水はいつかわたしと松本さん親子をちらちら見ながら、昂ぶってぶちあげたことがある。「屍肉をあさる夜行性の、あさましいブチハイエナの群れとなにも変わるところがないではないですか」。だからどうしたというのだ。わたしは口のなかでそう言い、松本さんは表情も変えず無遠慮で間のぬけた音をたてて放屁した。迫水は気づかぬふりをしたけれども、顳顬《こめかみ》の血管が怒りで断末魔のハッタミミズのようにひくひく痙攣しているのをわたしは見のがさなかった。言葉というのは唱和をしいられ、それをもってみんなで悼むことをもとめられ、心ならずも再三うたうことを要求されると、いつしか慣れてしまうか、叫び――奇声のようなものとなって血栓化し、粘液化してからだのなかにわだかまる。歌をうたうか、うたわないかは、じぶん、一介の域内移動難民にすぎないとはいえ、堪えがたい条件にかかわる、とてつもなく重大な問題なのであり、うたう群れからはなれたのをわたしはなにも悔いてはいない。迫水も壁のなかで大声をあげておれ。うたっておれ。でてこなくていい。わたしはあるいている。松本三重吉さんはべつに抗わなかった。「花は咲く」でも「明日は咲く」でも、とくにその芸を得意がるでもなく、口ではなく臀部開口部でうたってのけた。あるいは臀部開口部で伴奏した。すくなくとも伴奏に社会貢献した。ラジオ体操は、第一も第二も、からだをつかうことはせず、かけ声にあわせて両手の指先を練達の指揮者のようにちょこちょこ器用にうごかすだけでやっているふりをし、いや、じっさいラジオ体操に参加しているように見えたので、だれもそれを問題にすることはなかった。大したものだ。百の説法は、三重吉さんの臀部開口部によってぶっ飛ばされた。わたしはしみじみとあるいている。

わたしはあるいている。のたりのたり線路をあるいている。のたりのたりの次は、ちんからほい、ちんからほいと口ずさみながらあるいている。ちんからほいほい、ちんからほい。おせなにおみやげ、花のたば。ちんからほいほい、ちんからほい。線路脇に黒馬が一頭、斃《たお》れて死んでいる。そのようにわたしは闇に黒馬を埋めこんでみる。悟がりを横倒しの馬の形に彫琢してみる。なまあたたかい馬の息がまだあたりにのこっている。馬糞のにおい。わたしは故郷をおもう。ちんからほいほい、ちんからほい。廃墟はいま廃墟ですらなく、荒野は荒野でさえない。わたしはあるいている。低く言う。夜はポレレポレポレポレレポレ。終わりは、終わりたくとも、いつまでも終わりえないのだ。「廃墟」も「荒野」も「終わり」も、境目のある風景ではなく、とっくに根腐れ、鬆《す》のたった言葉にすぎない。いっそ伏せ字がよいのではないか。「腐れ×

×××め！」とか「美しい××のオ××××」とか「人工多能××幹細胞の癌×××××危険××」とか。わたしはあるいている。もうなにもない。もほ、なーんにもなひ。いやさかいやさかいやさかえ。みんなでおとしめあっているだけである。どうせそんなもんだ。もうしかたがないのだ。手遅れだ。ぼんさんがぁ、へをこいたぁ…。わたしはあるいている。ポレポレ。右手前方、跨線橋の下にまた屍体だ。屍体の影だ。あっ、影が影に掠められている。屍体にのしかかる影。屍体にのしかかられる影。たわみ、撚《よ》れる影たち。死体に馬乗りになる影。交合する影ども。なにか、啜《すす》る音。吐息。だれか？　あるきながら、見ぬようにして、それとなく見わけようとするわたし。よしんばあれらの影たちのからまりのなかに、妻がいたら、いたとしても、掠められ犯されているとしても、わたしはたちどまらずにここを過ぎるだろう。見えないふりをして。ほんとうに見えないのだから。見えたとしても、すべては偶然なのだから。枯れ葉のようにさらさらとこすれている影。握り拳をふるう影。大きくあいた口の影。影どうぜんの生者と死者の影。わたしはあるきつつ、声をおさえて泣く。闇の涙。闇に涙。どうせ見えやしない。ふりだ。泣いたふりをする。その場を過ぎる。過ぎるからには泣く。ふりをして過ぎる。過ぎるのだ。影たちを残す。何枚も背に影を負う。

わたしはあるいている。あるきながら影を一枚一枚、剝がしていく。肩をふる。影をふりおとす。それでいいのだ。祖国防衛戦争の位置づけをめぐって共産党がやはり分裂したという。主流派は救国統一戦線形成をよびかけている。事実上の祖国防衛戦争支持である。どのみちこうなるとおもっていた。木賊色の空は現在、接敵予想空域であるという。弾道ミサイル搭載の無人偵察・攻撃機「翼龍《イーロン》Ⅲ」が頻繁に飛んできているらしいが、言うまでもなく、わたしの目に見えはしない。その空はところどころにビロードのように苔色にひかる対流圏や成層圏をはさんで、妖しい縞もようをこしらえ、その妖しさが、これから明けるのでも暮れるのでもない、およそ時間とはかんけいのない、宙の深まりか、おのずからの爛《ただ》れ、あるいは永遠のとどこおりをかんじさせるばかりなので、わたしには、はて、どこにきてしまったのだろう、という幽かなとまどいはあるものの、ここから脱けださなければならないとか、もう帰らなければならない、といった当為めくおもいはまったくない。帰り？　ふふふ。スットコドッコイ。じぶんで言っておきながら、さっき泣いて、泣いたふりをしたばかりなのに、笑ってしまう。どこからどこに行くのを「帰り」と言うのだろう。これまでよくもまあ、かんがえもせずに帰りなどという奇抜なことばをつかってきたものだ。ポレポレ。

世界とは、いまあるものだ。あるがままにあるものだ。世界はかつてこうではなかった、世界はこうあるべきだった、などといまさら言ってもはじまらない。世界は「真」であることを欲していない。そんなことをはじめから欲してはいなかったのだ。ひとはもう世界にもみずからにも「正」をもとめていない。だいいち、世界とは「セカイ」と発音したとたんにインチキくさくなる海市にすぎない。ありそうにはないと見られていたできごと、そんなことはだんじてありえないとかつて一笑にふされていたできごとが、現実におきつづけている。ふりかえってみれば、大昔の9・11がよい例だったのだが、予測と想像力は、つねにできごとそのものに先をこされてしまった。このたびの戦争だってそうだ。だれがここまでやりあうなどと想像しただろう。ニッポンチャチャチャの戦争当事者たちだってイメージしていなかったにちがいない。わたしはあるいている。ただ、あるがままに。Take things as they come だ。わたしはとても落ちついてあるいている。悪意も皮肉っぽいきぶんもあまりない。やっぱりポラノンってすごい！　じぶんテキセイなのであります。血液を新鮮なのにそっくり入れかえてもらったか腰椎麻酔からさめたばかりのように、どこかあらたまったきぶんでもある。ふくむところもありませぬ。だれとでもうまくやっていけそうだ。篤郎とだって、迫水とだって。ああ、またからだから音がわいてきた。Anywhere Is ではない。あれはもういい。ソダ。ホダ。そーだ、ほーだ。そーだっちゃ。ほーだっちゃ。歌である。歌。わたしはあるいている。コラサーアノサンサ、コラサーアノサンサ。「ヒーカーゲーノーワーラービ」。ひかげのわらび。これは、たぶん日蔭の蕨《わらび》、だ。コラサーアノサンサ、コラサーアノサンサ。きょうこが毎日うたっていた外山節。首のながい、耳たぶのうすい、陶器のように白くひかる肌のきょうこ。わたしの胸腔の底にずっと溜まっていた外山節。わーだーしゃ、そーどぉーやーまーあーの、ひーかーげーのーわーらーび、ハイハイ、だぁれぇも折らぬで、ほだとなる。コラサーアノサンサ、コラサーアノサンサ。そうだ、やっとおもいだした。ほだは、ほたとも言い、木偏に骨と書くのだった。高校生のときに辞書で調べた。ほた。榾。薪《たきぎ》。または、木の根や樹木の切れはし。よい言葉だ。言葉がにおう。榾がにおう。いがらっぽく、におう。わたしは外山の日蔭のワラビ、なのに、だれもいつまでもわたしを採ってくれないから、つまらない榾になってしまうわ。コラサーアノサンサ、コラサーアノサンサ。わたしはあるいているのだ。ソダは榾の記憶がひきずってきた、「粗朶」であろう。朶は枝、粗朶は粗末な枝。屍体―流木―千切れた手足―榾―粗朶。わたしはあるいている。海溝をかんじつつあるいている。カナルを潜っている。わたしがあるくことのデノテーション(外示)もコノテーション(含意)も、権力からも資本からも中国共産党からもなんらの影響もうけておらず、指嗾もされていない。いや、そんなことはない。わたしはいつかただの梢になるべくひとりであるいているのだ。終わりたくても終わることのできない終わりの軌道をそろそろとあるいている。神のおぼしめしによらず、黙深《もだ》く、わたしはあるいている。ときおり曳光弾が発射されている。光がいくすじも交叉する。祭りのネオンのようだ。ズンズンズン、ズンズンズン。間遠に高射機関砲の音。地平線上に浮かぶ萌黄も陰萌黄の帯もきらいではない。空が妖しいのはべつに不都合なことではない。妖しいといえば、どのみちなんだって妖しい。世の中(つい習慣でつかってしまったけれど、ほんとうのところ、わたしは「世の中」などという概念をもうもちあわせてはいない)、妖言《およずれごと》だらけである。だからといって、べつに不満ではない。御平常ト御變リナク、聖上、萬機ヲ御親裁ス。けっこうです。わたしは争わない。無限定適正意見でオッケーだ。どうしたって、言いたい意思に発語はかならず遅れ、たわみ、うそになる。だから無限定適正意見でよろしい。un-qualified opinion ―― わからないかんじが、いいかんじだ。わたしは諍《あらが》わない。抵抗より放屁である。だが、祖国防衛戦争にはしたがいたくない。老人と各種障害者に応召義務はない。もっけのさいわいである。空はむしろ妖しいほうがよい。敵影は見えない。機影なし。ふと、わたしは捨てばちになっているのだろうかとおもい、そう自問してみたが、どうもそうではない。自棄《やけ》というのではない。わたしはとても凪いでいる。木賊色のさらに上空は一面、ほとんど黒にちかい紫紺に染まっている。紫紺染めだ。「紫紺という桔梗によく似た草の根を、灰で煮出して染めるのです」と宮沢賢治が「紫紺染について」に書いたとおりの、文字どおり灰で煮だされたような空なのだ。しかし、裂けたテントみたいに紫紺がとぎれて、月光なのだろうか陽の光なのか、明るみがいくすじか洩れているところもある。それがなんの明るさなのか、昼か夜なのか、見きわめようとする意欲をわたしはもたない。なにも識別することはない。わたしはあるいている。なにごとか見きわめようとする意思をもちあわせないのはいっそ楽だ。たいへんな発見のようにそうおもい、またきもちが楽になる。引き込み線上をいま、わたしはゆっくりとあるいている。プランプラン。わたしはひょっとしたら、しあわせなのかもしれない。あるきながらそうおもい、わたしは、そうおもってしまったことに、ぎょっとおどろく。おれって、まさか多幸症？　生きのこったら「おれって、まさか多幸症？」という詩を書いてみようかな。いやだ、やめる。わたしはいちまいのミズクラゲのように惛がりをゆっくりとあるいている。線量はどこもかなり高いらしいが、いちいち気にしてはいない。高射機関砲の発射音がなくなった。ただ、金属粉の焼けるにおいと、それに混じり、あかの他人の記憶みたいな、なじみのないケミカル臭がするけれども、堪えられないというほどではない。それらはそもそもいつ発生したものかわからないのだし、どうせかなり昔のものの残りか、いずれにせよ置き棄てられたにおいにはちがいないのだから、いまさら突きとめる気にもならない。おそらくはのこり、残余であろう。過去という、存在の本体めくものから、めぐりただよってきたひとすじののこり。過去＝本体のかすかなのこり。かけら。放射線量。できごとたちの、残余のにおい。皇室ハ御安泰ニワタラセラル。ワタラセラレルルルリ…。また錯語。言葉が言葉の本体を前提するとは、やけに贅沢で生々しいことではないか。かつて本体というものがあった。諸現象の本体。あらゆる状態には本源マグマのような「元」があった。そうおもわれていた。すくなくともそのように信じられていた過去があった。しかし、本質、本体、本源はいつのまにか消えてしまった。ここでアフォリズム。ややブッキッシュな。「歴史の厳正なページを除けば、記憶すべき事態は、記憶すべき語句を必要としない」。復唱。「歴史ノ厳正ナル頁ヲ除ケバ記憶スベキ事態ハ記憶スベキ語句ヲ必要トセス」。わたしはあるいている。ポラノンがたぶんまだ効いている。ポラノンはいまだ効いているらむ。なぜ「歴史の厳正なページを除けば」という順接の仮定条件(古語では已然形に接続)が前提されるのだろうか。歴史には厳正なページと、あまり、あるいは、まったく厳正でないページがあるというのか。一匹の老犬の死はどうだろう。それは記憶すべき事態ではないのだろうか。記憶すべき語句を必要としないというのか。死にゆく犬の視界。死にかかった老犬の眼によって朦朧と見られた、ひとの語句としてはありうべからざる、音容、景色。乳《にゆう》糜《び》のように、どこまでも細かに破砕された氷の、内からの輝き。眩く、やがて昏い死にいたる、言葉なき乳白色の内層。世界を負わず、なにものにもなりすまさず、てらわず、ただたんに一回の吐息のように消えていくもの。ほた。ほだ。榾。そだ。粗朶。なんでもないもの。あるいは、よけいなもの。ただ無意識に消えてゆくもの。なりすまさず、化けず、ふと、みまかっていくだけの一匹の老犬。松本三重吉さんの、犬のような目。白濁したその目によって見られる、きれぎれの風景。理由のない愛。論理化されない、愛だけの愛。哀しみだけの哀しみ。嗅がれる跫音《あしおと》。嗅がれる愛。榾と化する犬。三重吉さんの骨。梠。きょうこ。青いコスモス。青い夕暮れが、天空の肺から、呼気で咲かせるコスモス。花が洩らす、たそがれの青。空気に吸いこまれ、いつしか消えて、ふたたびそっともどってくる、うすい青。消える青。狂う青。忍ぶ青。どこからか延びてきた、ところどころ赤く銹びた引き込み線上をわたしはゆっくりとあるいている。砂利を踏んだり枕木を踏んだりレールを踏んだりして、下りでも上りでもある、上りでも下りでもない単線軌道上をあるいている。ポレポレ。引き込み線がどこから延びてきてどこにむかって這っていくものか、いぶかりもせずにあるいている。わたしはあるいている。足もとでガシャ、ガシャと砂利《バラスト》が鳴く。レールの銹がキシキシと軋《きし》る。わたしはまだ凪いでいる、まだ。わたしがいつ、どこからやってきたのかは、いまちょっと失念している。こう言うとあなたはおもうだろう。ははーん、あんた年やさかい失見当識のなりかかりやな、と。そうかもしれないしそうでないかもしれない。はっきりしているのは、赤く銹びた引き込み線上をじぶんが目下あるいていることと、その用向きのなさ、である。でも、きぶんが凪ぎ、はっきりとした用向きなどないとおもってあるいている失見当識者なんているだろうか。おらへんやろ。これはむろん徘徊ではない。それは自信をもっていえる。わたしはあるいている。記憶のおさらいをしてみよう。わたしは合唱とラジオ体操と迫水の大声がいやで登録難民のグループを、やや衝動的に、いちぬけた。そして、登録難民のIDカードを棄てて、あてどなくあるきはじめた。あてどなく。以来、わたしは「わたし」としてみとめられなくなった。わたしはいま、一見、用向きもなさそうに、あるいてはいる。わたしはわたしが、そもそも、だれがだれやら、生きているのか死んでいるのかもわからない。存在のブレ。非在のめくりかえし。死と生のたよりない揺らぎ、往還。お化け。いやさかいやさか。震災と戦災以来、そのような者はすくなからずいる。屍体のかけらも見つからず、DNA鑑定もできないまま年月がすぎて、実際上の死者あつかいになってしまった生者たち。災厄がこれほどたびかさなれば当局だってとても手がまわるものではない。だいいち、たかが棺や粗朶ごときをだれがていねいに鑑定などしてくれようか。戦火の下で早々と弔いをされてしまった生者。新聞に死亡広告もでた東京の「死者」が、本人も広告を知っているはずなのに、名乗りでず、別名で別府のおかまバーではたらいていたりする。坊主が大災厄を奇貨として死者になりすまし、べつの生者として黙って還俗《げんぞく》して、携帯電話屋をひらいていたりする。そんなことはなにもめずらしくない。「わたし」はかならずしもわたし本人ではなく、「かれ」がかれじしんであるとはかぎらない。わたしがほかならぬわたしであることの存在証明は、震災と戦災のまえからすでにかなり困難になっていたのだが、その理由は、ある意味で単純であった。わたしにせよかれにせよ、わたしやかれ本人でなければならない必要性や必然性(なつかしい言葉だ)が、ときをへるごとにうすれてしまったからだ。本人の実体や生身よりも、扁平な一枚のＩＤカードやコンピュータ上のＩＤ登録のほうが何万倍も大事である。偽造だっていっこうにかまわない。要は記載されている有効期限が切れておらず、記載事項が本物とまったくおなじであればよい。ただし、半角であるべき事項を全角で入力でもしたら、ただそれだけで本人とはみとめられない。フェイク、コピーとリアルの差は、ひとでも薬でも映像でもヒーメンでも大量破壊兵器でも、もうなくなってしまった。「まがいもない」「まぎれもなく」というフレーズは、いちぶの年配者が冗談めかしてかたる古語になっている。悪とはなにか？　そんなものは、ない。しいて言えば、モノやひとが売れないこと、買われないこと、売れないモノやひととかんけいし、そのようなモノやひとをつくること、すべてをうたぐることだ。やれやれ。いやはや。こんなことになってしまった責任はだれが負うべきか。なんてわたしは息まない。わたしはあるいているだけだ。厳密に言えば、わたしという存在証明不能のお化けのような者が(このばあい、助詞は「は」であるべきであろうか)公的認証なしにあるいている、とかってに称して、とろとろとあるいている。

わたしはあるいている。七面倒くさい理屈などどうでもよろしい。なによりも、あの登録難民のIDカードを棄ててしまったために、わたしは自治体からポラノン錠を支給されなくなってしまった。痛いといえば、それがいちばん痛い。さっき、わたしに用向きはないとうっかり言ってしまったが、よくよくかんがえれば、わたしは人倫や神や世界のありようをかんがえるためではなく、ポラノンをゲットしたくてこの闇をさまよい、ポラノン(ああ、ハープの響きのようなこの音をこころに発するだけで頬がゆるんでしまう)錠を一錠でも手に入れようとしていて、気がついたらこの線路上をあるいていたのである。ポランポラン。わたしはあるいている。わたしはポラノンがほしいという澄みきった目的意識をもってあるいているのであり、いたずらに徘徊しているのではない。澄みきった…。そうだった、昔、叔父に言われた。「澄みきった世界というのが、いちばんあぶないんだよ」。どういうことだろう。どのみち手のつけられない濁世《じょくせ》、五濁悪世そのものなのに、ひとの心は澄みきっていると言いはり、澄みきりを前提に、ものごとをすすめていくのはあぶない、ということだろうか。わたしは叔父が好きだった。好物のチョコレート風味のウエハース(かれはウエハースしか食べないひとであるとわたしはおもっていた)を音をたてず、ほんのすこしずつ上品に食べながら、平然とした顔でじぶんのことをキチ×イと言っていた。狂人を排除するのはさらに重篤な狂人だらけの「澄みきった世界」である、という口ぶりだった。叔父はきょうこと性交していないとおもう。わたしは確信している。性交していたとしてもおどろきはしないが。きょうこはだれにでも気前よくやらせた。きょうこは民謡が上手だった。わたしはあるいている。窪みにも尾根にもかんじられる悟がりをひとりであるいている。いまこうしてあるくわたしに性欲はない。きょうこと会いたいが、やりたいというのではない。食欲もない。尿意も便意もない。ポラノンがほしい。ポラノンをほしい。線路の右がわには仕切る塀もなく、レールと並行しておそろしく貧しそうな古びた平屋が海藻の丘のようにならんでいる。平屋の壁はたいてい消石灰にふのりやにがりをくわえ、これに粘土を配合した昔ふうの漆喰で、どれも昆布みたいに黒ずんでいるので、この悟がりでは、家と家の境もはっきりしない。家の壁は大部分が鉄銹のように黒ずんでスチールグレーの闇にどっぷりと沈んでいた。屋根はどうも水平ではないらしく、何軒もがつらなって右に左にかしいだり、前後にうねったりしている。これら腐った海藻のような連続からは、なんの意思も思惑もかんじられない。無人の平屋群だからなんの意図をもたないのか。プランプラン。わたしはあるいている。無人の平屋群とかたられれば、それはそれで収まる実在なのだろうか。これらうねうねとした惛いものたちは、わたしの外部なのだろうか、内部なのだろうか。わたしはたちどまらない。どこかで気胸の音がする。夜の肺が破けて息のぬける、どこまでも虚しい音。わたしはゆっくりとあるく。右がわの平屋群に敵意がひそむなどとはおもえない。悪意がこもっているわけもない。町内会掲示場に標語をしるしたポスターがはってある。「洩レル一燈敵機ヲ招ク!」。「逃ゲルナ! 消セ!」。くどくどしい通知もはられている。「爆弾ハ炸裂ノ瞬間シカ爆弾デハナイ。アトハ唯ノ火事デハナイカ。唯ノ火事ヲ君ハ消サウトセズ逃ゲ出ス卑怯者カ? 召集ヲ受ケタ勇士ニ、御奉公立派ニ働ヒテクレト君ハ励マシタ。一旦風雲急トナッタ時、コノ帝都ヲ護ルノハ今度ハ君ノ番ナノダ。英霊ハ君ノ奮闘ヲ待ッテヰルゾ」。グアルダ。真性の狂人たちの澄みきった意思。闇夜に花が狂い咲く。花は咲く。ひとというオウム。

ラウドコール。「逃ゲルナ！　消セ！」。紅い罌粟《ケシ》の花弁が闇に旋回している。わたしは砂利を避ける。枕木を踏んであるく。犬釘の頭を踏む。やはり、右がわの平屋群に目がいく。窓はたいてい閉められているか、開けはなたれたままで家の奥の闇を吐きだしている。黒い気息。ああ、灯りがある。弱い灯り。灯火といったって、あれは光ではなく、濃いハシバミ色なのだから、闇の色むらなのかもしれない。レールと住宅の距離は三メートルもないだろう。たわんだ電線や傾いだ電柱は見えるのだが、この一帯に街灯はない。いや、街灯がないのか一帯が停電しているのか、灯火管制にしたがっているためか、わたしにはよくわからない。それならば、この昏さでなぜものが見えているのだろうか、と事態をうたぐることもしない。鯨の腹のなかのようだ。そう喩えてみたいけれども、それは安直というものである。ここはどうやら外部ではなく、なにかの内部らしい、とでも言ったほうが、ばくぜんとしてはいるけれども、より実景にちかいだろう。わたしたちはもう、じぶんたちの影と化身とアウラを、お金とひきかえに失ってしまったのだ。つまり、内部と分身をなくしてしまった。売りわたしてしまった。爾来、現象はあるものの、その本質が消失し、実体はあるのにそれにともなう概念がなくなり、もしくは概念はあるのに付随すべき実体を喪失してしまった。世界と名のつくものはすべて悪だくみか、むなしいレトリックだ。地名はあるのに、もはや特定の「場」はない。わたしはない場にいる。わたしは「非場」の惛がりをあるいている。ＩＤカードをもたずに。携帯電話ももたずに。スマホもなしに。アイパッド・ミニもなしに。モバイルＷｉ－Ｆｉルーターももっていない。それでもわたしに失意はない。焦りもない。比較的ほがらかにあるいている。照明はないのだが、燐火のような弱いなにかの灯りはあるのだ。見ようとおもえば、砂利のひとつひとつ、枕木の一本一本、爆撃で砕けちったひとの肩甲骨や顎骨、ばらばらの歯だって見える。光る真珠たち。また標語がはられている。ラウドコール。「血ノ犠牲　汗デ応ヘテ　頑張ラウ！」。「聖戦ダ　己殺シテ国生カセ！」。アイゴ。監視カメラが闇の奥からわたしを見ている。暗視機能つきパン・ティルト・ズームレンズ一体型だな、あれは。太陽光蓄電式だ。最大五十二倍の光学ズーム、無人管制ワイヤレスリモコン装備、パン制御角度３５０度、ティルト上下２５０回転、旋回スピード最大２００／秒。スットコドッコイ。ヨイトコドッコイ。線路右がわの平屋群からも目立った灯火は洩れてはいない。ひとがだれもいないのか、寝静まっているのか。湿気った夜具のにおいがする。ひとの腋の下や股のぬくもりが、閉じられた雨戸ごしにつたわってくる。しわぶきと鼾、またはそれらの幻聴。若いひろこちゃんの白いからだの根が、死んだ羊のように眠りながら、深々と音もなく濡れている。ひろこちゃんは昔の地方公安刑事の長女だ。ラズベリー色の陰梃《いんてい》。わたしはあるきながら、うわごとを言う。「処女膜の先天的脆弱性、物自体の先験的不可触性」。それはなにもひろこちゃんの罪ではないし、ひろこちゃんの父の罪でもない。公安はいつどこにだっている。陰門の前角。陰核はときあらば紅く腫れる。しかたがないではないか。ああ、酵母菌のにおいがする、パン酵母のにおいが。働き者のパン屋の夫婦が早起きしてパンを焼いているのではない。ひろこちゃんのからだの根がにおいたっているのだ。ここでいまさら言うまでもなく、一生懸命ひたいに汗してはたらけばなんとか生きていける時代はとっくの昔に終わっている。ひとりひとり携帯をもたされた「ニンゲン以下」がなんぼでもいる。難民は難民。富裕層は富裕層、貧困層は永遠に貧困層だ。こんなに貧民だらけなのに、階級闘争なんてどこにもない。言っちゃわるいが、革新政党って、篤郎の声や足首みたいに退屈で魯鈍で魅力のかけらもない。だいいち、論理がとうの昔から手術不可能なほど脱肛したままだ。真夏の馬糞みたいな党幹部たちの低脳顔。女たちのたまらない厚化粧。〈わたくし裏切ってます〉とかたっている労組幹部の、あれは目じゃない、うす汚い肛門そのものの目つき。夜ごとの談合。あいつらのしみったれた権力意識。みみっちい互酬と贈与。ニッポンチャチャチャのクソサヨク版。アホどもの尾椎がただ習慣的に癒合した、空疎きわまる尾てい骨。あれじゃだめだ。戦争に反対できるわけがない。ごく散発的に痙攣のような、発作のような暴動がおきるだけである。労組は警察と組んで弱者の弾圧にまわる。暴動参加者は「重篤な反社会性人格障害」に分類されて、病院でポラノン系の注射をうたれる。それで凪ぐ。かんたんなことだ。ポレポレ。わたしはあるいている。なにかがにおう。若いひろこちゃんの白いからだの奥の溝が闇で発酵して開き、そこからパン酵母のにおいがただよっているのだ。融けつつある、あれは無塩バターの香り。公安刑事の娘ひろこちゃんのからだがじわじわ開いている。無塩バターが融けている。開き融ける。陰核をうるおす。ひろこちゃんが開いている。対象をもたない自動詞として。わたしはあるいている。彼女は世界にたいし溝を開いているのではない。ひろこちゃんの溝はほとんど意味もなく濡れて開いた。それがたまたま焼きたてのパンのにおいと似ていた。そこに無塩バターをひとかたまりそえてみた。イメージ。それだけのことではないか。適正とはそういうことである。適切であることとは、なにも彼女の罪ではない。そのにおいがわたしの神経終末かなにかに作用したのだろうか、おもわず「ポラノンありませんか」と声をだしそうになり、声をのみこむ。疲れて眠って濡れそぼるひろこちゃんを起してはならない。わたしは線路上をあるく。あるく。つぶやいてみる。もう、夜なのに……。言葉も記憶も集束しない。「もう」って、副詞なのか感嘆詞なのか。「もう」が「なのに」と、どうも整合しない。ふたつがほつれる。わたしはあるく。電柱のすぐちかくの高圧送電線から、首を吊ったかっこうで、なにか一枚のひどく大きな影のようなものが、おもくぶらさがっている。おどろく。じじつ、本物の影かもしれない。あの形は、だが、どうかんがえたって、後肢を開いた大きなクマのうしろ姿である。ツキノワグマだろうか。どうしてこんなことになってしまったのか。クマはいつ電柱にのぼり、いつから電線にぶらさがっているのか。感電死したのだろうか。いくつかの推理はなりたつ。けれども、わたしは推理しない。推理させていただきはしない。送電線から首を吊ったかっこうで一頭の死んだクマさんがぶらさがっている。中有の宙に、後ろ肢でたつようにうかぶ黒いクマ。記憶の形見。見あげるわたし。文句なし。この風景と構図をわたしは好む。テダナダ。茄子紺の空がツキノワグマを吊るした電線にかぶさっている。九州では最近、黒豚が二百頭も夜空からブヒブヒとふってきたというではないか。天から黒豚がふってきた。車十五台が壊れ、十三人が死傷した。まさか、よもや、はもうない。いくらなんでも、よもや、まさか、が平然とおきつづけている。そして、黒豚が空からふってきた、そのわけはあまり論じられない。数字だけだ。クマが送電線で首を吊ったくらいなんでもない。現象はなんでもある。これからもありうる。ただ、本質だけがない。死傷者数、損害額、株価にどう影響したか、ビジネスチャンスかどうか——だけがかたられる。豚はまたふるだろう。そのうちナウマン象もふってくるだろう。わたしはありく。引きこみ線上をあるいている。なるべく砂利を避け、枕木を踏んであるく。「枕木の防腐処理にかんする研究」という言葉がぽっと浮かぶ。「枕木の防腐処理にかんする研究」ということばは闇にすぐに煮くずれて、ポラノンの音とイメージがとってかわる。ポラノンの音とイメージによってとってかわられる。それはわたしにとってまったき希望ないしまったき希望にあまりにも酷似した、よろこばしい死のようななにかである。おお、ポラノン。よろこびで胸が熱くなる。しかしながら、「枕木の防腐処理にかんする研究」という言葉がまたぞろ胸にわいてきた。ポラノンは「枕木の防腐処理にかんする研究」とまったくことなる、よろこばしい表象であるにもかかわらず、ポラノンとマクラギノボウフショリは、この惛い非場でもつれあいはじめ、しだいに、もやいあって揺らめいている。なぜなのだろうか。表象と価値のかんけいがねじれ、ポラノンとマクラギノボウフショリは、わたしの脳裡で同一の記憶の系にありながら、それらの外延はぴたりとかさなることはなく、はなれたり一瞬だけ交叉したりして、また遠のいたりしている。だからといって、わたしは跡づけたりしない。ポラノンとマクラギノボウフショリという、ことなったふたつの音とその記憶を無理に対立させたり融和させたりせずに、なにごともなかったかのように闇にしずかに、ほかす。いったんそうっと捨てておく。そうした裏には、ポラノンとマクラギノボウフショリのあいだに、おどろくべきかかわりないし唖然とするほかない無関係性があるのかもしれない、という直観が、宙をきらめいて走るフライフィッシングの糸のように胸をかすめたからである。鹵簿。ロボロボ。ま、いい。わたしはほかす。ほかして、線路をあるく。クマ公はそうやっていつまでも死んで電線からぶらさがっていればよい。ポレポレ。わたしはいま、もう凪いでいるとはいえないまでも、まだ尖ってはいない。まったく尖ってはいない。まだしずかだ。おだやかなものだ。線路の側道をマスクをした母子の影があるいてきてわたしとすれちがった。きょうこをおもいふりかえったら、もういなかった。砂利をなるたけ避けてあるく。枕木を踏んであるく。とても貧しい平屋のつらなりが終わり、甘いにおいがただよってきたとおもったら、右手にいきなり屋根よりも高いマグノリアの大樹があらわれた。白い花がぼとぼとと音たてて闇にふりそそいでいる。ふりそそいでいるのは、映画の「マグノリア」ではないのだから、もちろん、カエルではない。肉厚の白い花だ。枝と葉とがわさわさと揺れていた。サルだろうか。ちがう。ひとであった。ほとんど半裸の若い男女がさかんに木登りをしている。わたしは下からさけんだ。わたし「なにをしているのですかあ」。女「ふたりしてげんざい木登りをさせていただいてまーす」。男「じぶんたちはいま、タイサンボクの樹に登らせていただいているのであります」。わたし「おふたりは楽しいのですか」。男「サバーイ！」。女「サバーイ！」。キース・リチャーズもかつてよく木登りをしたものだ。たまに樹から落っこちてけがをして救急車で病院にはこばれた。キースって好きだな。ネコをずっとカエルだとおもいこんで飼っていたらしい。日本のなんとかいう漫才師夫婦も昔、ふたりして突如、木登りをはじめたといわれる。和服でだ。樹から落ちたかどうかはわからない。漫才師たちは、これは伝聞だが、マグノリアではなく丈のもっと低いサルスベリの樹に、サルのようにするすると登ったという。樹上の男女にそれらの情報を告げようとしたが、そうすることで逆にかれらから元気や勇気をうばうことにもなりかねないとおもい、わたしはべつのことを叫んだ。「マグノリアの葉っぱって焼くとすごい音がするってほんとうなのですかあ」。男「ほんとうでーす。バリバリと夜が縦に割れる音がしまーす。ひとの腸が焦げるにおいがしまーす。いま焼いてみましょうか?」。返事を待たずに大樹が真っ赤に燃えだした。アッチャー。耳をつんざく大音響がする。それは高射機関砲の発射音とかさなり、夜を裂いた。わたしらは、たがいに死者に相対《あいたい》し、きいたふうのことをかたりあう死者なのだ、という趣旨の話を、いつだったか読むか聞くかしたことがある。いや、これも叔父の話だったか。生者になりすます死者だ、わたしもあなたも。なりすまし。そういうことだ。はっきりした証拠はないのだが、いまさら証拠はいらないだろう。もとよりじじつは反じじつをあらかじめふくみもつことを自明とすべきであるにもかかわらず、じじつとはありのままの諸現象以上のことではない、というふりをたがいにしてみせる暗黙の了解概念にすぎないのだ。わたしらは、そうした存在と仮構の根本についての省察をやめてしまったのだ。存在と仮構の省察どころか、もとからそんなこと問題にもしなくなった。簡単なことだ。わたしらは例外なく、象徴的にも本質的にもとうに死者であるということ。しゃべくる死者。チェット・ベイカーのようにうたい、トランペットを演奏しつづけたり、首や睾丸に麻薬をたっぷりと注射したり、株を売ったり買ったり、戦争をやらかしたり、いっぱしのことを言ったりする屍体。いやさかいやさか。生者になりすます、わたしら夢をむさぼる狂った死者たち。マグノリアはバリバリと音をたてて燃えるのをずっとまっていたかのようにさかんに燃えた。その火柱は、はつかに黄みをおびた茜染めの、あざやかな赤だった。海をのぞむサンフランシスコの丘からいつか見た、湾《ベイ》の海面に緋色に映える火事にもおとらない美しさであった。わたしは燃えさかるマグノリアの樹の下から目を赤くしてさけんだ。「ポラノンありますかぁ?」。すると炎のなかから木登り男のどこまでも朗らかな笑い声がカラカラと聞こえ、ついで「ポラノン工場はとっくに中国人に買収されましたぁ。でも、ここからまっすぐ行けば、横流しのが手に入りますよーっ」と大声でおしえてくれた。ポラノンは工場移管にともない、もうポラノンとはよばれておらず、「伯楽濃《ポールーノン》」といわれているということ、じぶんは工場移管に反対であり、伯楽濃の呼称にもなじめないことなども、ここだけの話だけれど、と言いつつも、絶叫にちかい大声で親切におしえてくれた。木登り女は炎のなかからわたしのために歌をうたってくれた。なんて親切なひとたちだろう。「トントン　トンカラリと　隣組　あれこれ面倒　味噌醤油御飯の炊き方　垣根越し　教えられたり　教えたり　トントン　トンカラリと花は咲く　何軒あろうと　一所帯《ひとしょたい》　こころは一つの　屋根の月　纏《まと》められたり　纏めたり、ですよぅ。正しき血から　つよひ民族ですよぅ」。目頭が熱くなったのは炎のせいだけではない。木登りカップルが現下の情勢にあっても口にしてはならないことを口にしているのをわたしは知っていた。ＰＣ（ポリティカル・コレクトネス）に照らせば、「正しき血からつよひ民族」は、たとえ戦時下であれ、だれしも心におもうことはあっても、あからさまにはかたるべきではない誤った表現（「誤った表現」とは、表現の本義いかんではなく、うっかり言ってはならないのに、ついうっかり言ってしまうことである）であると見なされていることも知っていた。かつての「バカジャコ」は、バカどもあるいはジャコ（「ざこ＝雑魚」の転）たちの立場をおもんぱかってであろう、すでに民主的に「リュウキュウキビナゴ」と言いなおされており、米国においても「カウボーイ」を「牛管理担当者」に、「性的不能者《インポテンツ》」を「勃起にかんして限界のあるひとびと」と言いなおすひとびとがいる。だからといってアホな人民がへったわけでもない。どころか、左右のべつなく、ＰＣ系の透明なファシスト（みずからを反ファッショとおもいこんでいるファシスト)はきょうびマスコミを中心に増えるいっぽうである。かれらはPC違反の「事案」をためらわず当局に通報し、ブログに投稿し、いわゆるソーシャルメディアで情報(幼児性愛者の同好会結成から義勇兵募集の要項にかんするものまでなんでも)を交換しあう。わたしとしてはそれに公安の眼も耳も気にならないではない。高性能暗視機能搭載監視カメラもどこかで、いや、どこでも作動しているはずだ。しかし、だからどうしたというのだ。撮られようが映されようが知ったことか。ああ、ピター・パター。わたしはあるいている。

わたしはあるいている。妻は死んだ。子どもたちも死んだ。親たちも死んだ。犬も死んだ。率直に言わなくてはならない。おもわずわたしが泣きそうになったのは、正直、思想にかかわることではなく(思想にかかわることで突然ひとが泣くのだとしたら、それはたんに錯乱であり、じっさいには思想はかんけいしていないのがほとんどである)、あのマグノリアの樹上のひとびとと樹下のわたしとの位置からきていたのだ。樹上と樹下のかんけいがわたしになにかをおもいださせた。デジャビュだ。いや、デジャビュではないだろう。既視感としてかんじられた風景の多くを、わたしは経験しているのだとおもう。海底をのぞくようにして、老いた目をからだの内側にひっくりかえして、はるかな過去をおもう。緑暗色のワカメに似た影か海藻かがゆらゆらとゆらめいている。底にいくにしたがい、光がうすくなり輪郭がうるけて、おもいでのかたちがくずれてしまう。目にうかぶのは、およそまっすぐな線や角をなくした部屋やベッド、窓、鉄格子、まともな目鼻口をなくしたひとの顔、薪《たきぎ》のようにつみかさなる骨である。ああ、混濁している。脳裡のスクリーンはたびかさなる大津波の屍体と爆撃の死者たちを映している。そうではないのだ。もうたくさんだ。わたしはそれらを見たいのではない。最初の大津波より半世紀以上前に、聖カエルム病院で演じられた芝居のことを見たいのだ。わたしはあるいている。悟い線路をあるいている。あるきながら、わたしは裸眼を眼窩の奥にさらにもぐらせてみる。そうしてわたしはあるいている。もう半世紀以上も前のことである。わたしはすくなからぬヒロポン中毒患者がいた港街、S市に住んでいた。わたしにはじめて闇の存在をおしえ、ただおしえただけではなく、からだにすりこんだのはS市である。おもくるしい海原。夜中にひとりで水切り遊びをしたのもあそこだった。平たい礫《つぶて》が海面をかすめ、頭蓋の闇を飛んだ。その街には、からだやこころのあまりよくないひとびとや、それらがいっぱんによくないとみなされたり、根拠もなくよくないと断じられているひとびとが、当時は他のどの地域でもそうだったように、一定数いた。しかし、よいこととよくないことの境界は、あまりはっきりせず、よいことは、しばしば、よくないことと同居するか入れかわるかした。アーニョロ・ブロンツィーノの絵画「愛の寓意」みたいに。美醜の同居ないし入れかわりのその瞬間をだれも知らなかった。だいたい、当時のS市にあっては、美醜の境界があまりはっきりとはしていなかった気がする。丘のいただきにハリストス正教会の白い尖塔があった。郊外の野球場のちかくに瞽女《ごぜ》の母子がいた。ニセの瞽女といわれる女もいた。どれがニセでだれが本物か、みんな知ったかぶりをしていたが、わたしにはよくわからなかった。プリアポスほどの巨根とうわささされた白人宣教師がいて英語をおしえていた。子どもたちはアメリカから善意で送られた(在庫処理ともいわれた)とても臭い脱脂粉乳を飲んでいたが、わたしは飲まずに犬にやっていた。どうでもよいことだ。臭い脱脂粉乳をわたしが飲もうが犬が飲もうが、どちらにせよ重要ではない。わたしはあるいている。とくに意味もなくあるいている。線路をあるいている。公民館に本橋という無口でやさしい絵の先生がいて、貧乏な子どもたちに日曜日、無料で水彩をおしえていた。わたしも習った。わたしには奇妙な癖があって、絵を描きながら、絵の具をよく絞りだしチョコレートみたいにして食べていた。赤や黄や黒ではない。赤や黄や黒はおいしくない。白い絵の具だ。白い絵の具だけをたべた。白い絵の具はおいしかった。わたしはよく青いコスモスを描いた。白はつかわず、白はただチューブから絞りだして食べた。だからいつも白の絵の具をきらしていた。本橋先生はわたしをじっと遠くから見ていた。白い絵の具を食べることをやめるように言われたことはいちどもない。帰るとき本橋先生はいつも黙ってわたしにお金をにぎらせた。それでわたしは白い絵の具を買い、青いコスモスを描きながら白い絵の具を食べた。わたしは線路をあるいている。本橋先生の声をおぼえていない。跫音《あしおと》もなかった気がする。本橋先生はもしかしたら、松本三重吉さんのように、いちどもしゃべらなかったのかもしれない。本橋先生はわたしがこの世でさいしょにであった神であった。本橋先生はやせていて、からだがうすく、みすぼらしかった。神はやせていて、からだがうすく、みすぼらしいのだ、とわたしはうたがわなかった。本橋先生もヒロポンをやっていたかもしれない。だからどうしたというのだ。神がシャブをやったらおかしいか。なにもおかしくはない。白い絵の具を食べるわたしを、黙ってじっとながめていた本橋先生のように、シャブをやる神をわたしは黙って見ているだけだ、とわたしは子どものころからおもっている。わたしはあるいている。悟い軌道上をあるいている。戦時の自覚はない。理性とはある種の感情である。そう言ったのはだれだったか。本橋先生だろうか。声にせずにわたしにつたえてくれたのか。いや、叔父が言ったような気がする。精神とは、そのまま理性ではない。悟性は情念の運動のことである。だれが言ったか、言わなかったか、わたしのただのおもいつきか、おぼえてはいない。わたしは非常時だという時空間の軌道を、昔をおもいながらあるいている。見世物小屋でろくろ首役をやっていた女がいた。見世物小屋といったって、あれは廃屋になった元厩舎であった。そこを住処とする結核病みの女から、なんの歌かわからない歌をおそわった。どうしてわたしはそれをいまも憶えているのだろう。なぜかはわからない、理由のない音を憶えている。インデンプー・イーヤンプー・ヒョッコロセンズルセンメントー・チョーセンウッタエウッタエナー・ニキビシビライ・ブータハンカーホンニャーマイ。うたっては笑いころげた。なにかはっきりとはわからないものを、理不尽な言葉のようなもの、歌のようなもの、それらに名をかりた靄のようなあざけりと悪意を、笑いながら口にすることが、オブラートのはしきれほどのうしろめたさをかんじつつ、大声でうたうことが楽しかった。電灯のない馬小屋。いなくなった馬たちの小便と馬糞のにおい。あそこの惛がりでいろいろなものを見た。はっきりは見えなかったのだが、見たような気になった。神々とはそういうものだとおもう。真理とは灯りのない廃屋にうごめく影だ。奇術めく奇蹟。メスブタと性交する男。客からお金をとって土佐犬と性交してみせる、とても性格のあかるい女。やはり客からお金をとって性器にハトをすっぽりといれてみせる、目つきのするどい女。ひとくちに、なんだって生きるため、銭金のためといっても、それぞれが命がけの芸をみせようとしていた。「誇り」などといかにももっともらしく自覚されていなくても、ひとはひとの、ブタはブタの、犬は犬の、ハトはハトの、存在のあかしのような、ただならない波動をからだから発していた。あおむいて、上体をもちあげかげんにして性器に頭からハトを挿入するしゅんかん、女は目玉をむきだし、それらを爛々とひからせ、聖者の受苦のような、アクメのような表情になった。ハトは、性病をわずらっているというその女の性器に数百回全身をすっぽり入れられても、どっこいしっかり生きていた。かつては伝書バトだったドバト。性器挿入の直前、ハトはじぶんの角膜をまもるためであろうか、目に半透明のうすい膜、つまり瞬膜《しゅんまく》をはって、覚悟をきめるようにじっと身をちぢめた。ドバトは廃屋になった廏舎の惛がりから、女のからだのなかの暗黒の熱い宇宙に、そうやって飛びたっていった。ややあって、鳥が馬小屋の闇にまいもどってくるとき、観客だったわたしや船乗りや横流しヒロポンの売人たちは女とハトの息のあった冒険にこころからの感動の拍手をおくったものだ。すべて、すべては津波で流された。あの街にはせつない命の、のたうちがあった。山ほどの荷物を引っぱっていた馬が、冬場の泥道で、突然、痙攣しながら死ぬのを見たことがある。痙攣する馬を、男がだみ声を上げて鞭で打ったり、蹴飛ばしたりした。そうすれば馬がおきあがるとでもいうように。馬は充血した目を剝き、口からバケツ数杯ぶんの泡をふき、横倒しになって四肢で宙をけった。さいごは舌を根もとまでさらし、目を飛びださせたまま、絶命した。わたしも馬の最期の息を洗礼のように浴びた。荘厳であった。あの街にはいろいろなひとが、あたかも他界の街のように棲んでいた。ヒロポン中毒の公安刑事(ひろこちゃんの父ではない)。両方の睾丸がないといわれた男。狂犬病患者。両性具有者。たくさんの失見当識者。ロボトミー手術失敗患者。すべてはうわさだ。わたしは戦時の悸がりをあるいている。あの街は悸かった。いっぱんに美しいとされるひとはあまりいなかった。美しいものはコスモス。花弁のことのほかうすいコスモス。とくに空に透ける青いコスモス。青いコスモスは、だれのからだにも咲いて、空気に滲んだ。つぎに美しいのはヤグルマギク。クレマチス。それから、川開きの花火大会の打ち上げ花火ぐらいだった。空に咲く巨大な紅いポンポンダリア。海は、はるかとおくの水平線は、青銀色にひかっていたけれども、海岸はパルプ工場の廃液で紅茶色ににごっていた。わたしはその街の男子高校の生徒で、陸上競技部のまったく優秀ではない八百メートルの選手だった。しかし、いつからか、馬のようにただひたはしる行為そのものに倦いて、おまけに無思考のたんなる走行機械と化していくじぶんのからだを嫌悪し、しばしば授業も陸上の練習もサボり、鮒山という丘の中腹にある男子高校の寮の二段ベッドの下段で、本を読んだりタバコをふかしたり、万引きした缶入りハイボール(わたしは視力二・〇、八百メートルのベスト記録二分一三秒の万引き常習者だった)を飲んだりしてすごした。ああ、ディリーダリー。寮には陸上競技やラグビー部、サッカー部など主として運動部の生徒たちが生活していた。丘の上のその寮のちかくには、窓に鉄格子のある精神科専門の聖カエルム病院(街ではたんにキチガ×病院といわれていた)があり、患者の半数はヒロポン中毒だった。聖カエルム病院の壁はどこもうすい水色で、庭に青いコスモスが咲いていた。透けるように青いコスモスであった。青紫ではなく、褪せはてたように、ただうすく青く空気ににじむ透過性の、青い水のような花びらだった。青いコスモスと聖カエルム病院のおもいでは、きりはなすことのできない対になっていて、海風に揺れる青いコスモスの背後に鉄格子の窓が見え、患者たちの顔が見えるあの窓をおもうときにも、そのまえで青いコスモスの花がふるえている。聖カエルム病院のまえはバス停で、そこにくる一時間に一本だけのバスの車掌が「えーっ、聖カエルム病院まえ、聖カエルム病院まえ」とつげると乗客たちはこころもち表情をかたくして、すわりなおしたりした。乗降客はすくなかった。たまの乗降客は他の客たちに全身をなめるように見つめられた。だれもカエルムの意味を知らなかったし、知る気もなかった。カエルム病院をカエル病院と言う子どもや老人も多かった。わたしもカエルムは創設者の名前ぐらいにおもっていたのだが、英語の教師に、カエルムとはラテン語の「天国」または「空」の意味だろうとおしえられて、わけもわからず感心した。病院のロビーにはOrandum est ut sit mens sana in corpore sanoと彫られた金属パネルがはられていた。mensは精神、corporeは身体、sanoは「健全な」を意味する形容詞でcorporeを修飾している、と後にわかった。天国と肉体と精神そして青いコスモス。それらは聖カエルム病院にかぎらず、あのあたりの気圏では一体のものとして、そよぎ、ただよっていた。わたしはあるいている。昏い海溝の軌道上をあるいている。わたしはあるいていた。あるいてきた。いま性欲はない。蚊の熱ほどもない。かつてはあった。いまはまるで死にゆく駱駝のこころだ。ポラノンはほしい。ポラノンをほしい。ポラノンがほしい。それだけだ。わたしはとぼとぼあるいている。ふくむところはなにもない。わたしはあるいている。口笛は鳴らない。だからといって気落ちしない。わたしの口がなにかを言う。口から芯のない音がこぼれる。ココニチュウリョウナルナンジジシンミンニツグ…ソモソモテイコクシンミンノコウネイヲハカリバンポウキョウエイノタノシミヲトモニスルハコウソコウソウノイハンニシテチンノケンケンオカザルトコロ…。チンチンノケンケンオカザルトコロ。天突きから押しだされる心太《ところてん》のように、滑らかに音が口から落ちてくる。わたしのなかのコスモスが揺れる。青いコスモスたちが澄みきった声で、チンチンノケンケンオカザルトコロとうたう。オモウニコンゴテイコクノウクベキクナンハモトヨリジンジョウニアラズ。ナンジシンミンノチュウジョウモチンヨクコレヲシル。国鉄のS駅の駅まえに白衣姿に二等兵の略式制帽をかぶって立っていた義足の男。毎日これを絶叫していた。わたしはこわごわ聞いていた。チンチンノケンケンオカザルトコロ。男が駅まえで倦くことなく繰りかえしたこの演説というかさけびによって、わたしはギョクオンのフルテキストの大半をからだにすりこまれてしまった。ギョクオンをまねるその男はときどき通行人に拳骨でなぐられたり石をぶつけられたりした。殴る男たちはきまって「クサマ！」と低く呻るように言うのであった。いまおもうに、クサマは「貴様」が訛ったのではないだろうか。軍帽に白衣の男は、それでもめげずに、チンチンノケンケンオカザルトコロ！とわめいた。かれは首から「祈平和」と墨書された白い募金箱をぶらさげていた。そばに手脚のない盲目の男がいた。手脚のない盲目の男は声をださなかった。小さな車輪のついたミカン箱にちょこんとすわり、首をしきりに上下にふって通行人に金をねだった。手脚のない盲目の男はときどき通行人に蹴飛ばされた。手脚のない盲目の男はニワトリみたいな声をだして泥道にころがった。わたしの知るかぎり募金箱にお金を入れた者はいなかった。男たちはそばをとおるとクレゾールのにおいがした。男たちはニセ傷痍軍人といわれていた。ニセと本物の区別ははっきりしなかった。ニセ傷痍軍人といわれた男たちは、同時に、「たがっだ」(頭のイカれたという形容詞をその街では当時そう言った。動詞は「たがる」、その過去形は、形容詞と同じ「たがっだ」に変化する)ニセニッポンジンとも断じられていた。ほんとうのニッポンジンはあんなことはしない、あんなことを言うわけがない、「あいづらチョーセンズン（朝鮮人）だべ」と。わたしはかれらが怖かった。けっしてかたってはならない、じぶんたちの淵源を見るようであった。あの絶叫で脚がすくんだ。でも耳は聞いてしまう。わたしはあるいている。チンハココニコクタイヲゴジシエテチュウリョウナルナンジシンミンノセキセイニシンイシツネニナンジシンミントトモニアリ…ナンジシンミンソレヨクチンカスガイヲタイセヨ。あるきながらわたしの口はニセ傷痍軍人といわれた男のこころを受けて、いま、五十数年後の闇にあの男の声を撒く。声のひと廻《めぐ》り。青いコスモスのふた廻り。時の三廻り。ナンジシンミンソレヨクチンカスガイヲタイセヨ。わたしは闇をあるいている。

　わたしはあるいている。舎監にも寮生たちにも黙っていたけれど、じつはわたしの大好きな叔父も長期の入院患者として聖カエルム病院に収容されていた。叔父は雪夫という名前だったが、佐田啓二にすこし似ていたので、よくケイジと呼ばれていた。細身のとてもおとなしい男前で、わたしにとっては、かれの頭はどこもおかしくはなかった。むしろ明晰だった。叔父が病院に収容されなければならないのなら、父や学校の教師たちこそ強制入院させるべきではないかとわたしはおもっていた。入院前、叔父はしばしば、現実とかんけいなく幸福感につつまれてしまう多幸症(上機嫌症)の症状におちいり、そのためであったのか、いま、ここにあること、それじたいのすばらしさについて、わたしにも熱弁をふるうことがあった。叔父はまた、世界になにもなくなること、なにものも存在しなくなることのしあわせと恍惚にかんしても真剣にかたろうとした。「ひとはだれひとりとしてなりたい色の花には咲けない」「善い樹ほど悪い花を咲かす」と教えてくれたこともある。だから狂う。なりたい色の花に咲くことができるのは神様だけだ。そのようなことも叔父は口走った。「人間に尊厳なんかありはしないよ」。じぶんに説くようにそう言ったこともある。ひとはしきりに「尊厳」を口にしながら尊厳をみずからつぎからつぎへと壊す生き物なんだ。「それでもだ、もしも人間に最期の最期までのこされた尊厳というものがすこしでもあるのだとしたら…」。かれはふっと息をすってわたしの目を見た。なんだとおもう？　そう問うていた。わたしは首を横にふった。脳裡に闇夜の水切りを見ていた。黒い礫。黒い飛沫《しぶき》。叔父は語を継いだ。「げんに目の前に見えていることをインチキだ、うそだと言えることだよ。そう言えるかどうかだよ」。叔父はただ、鬱におちいると一か月でも口をきかなかった。わたしはあるいている。じぶんでも不思議なほど晏然《あんぜん》としてあるいている。闇の奥にユスラウメの花がぽつぽつと白く咲いている。ユスラウメ。聖カエルム病院の裏手の崖にもユスラウメがあった。甘酸っぱい赤い実を食ったことがある。食いながら、これ以上食ったら狂うかもしれないとおもった。狂っているから食うのかともいぶかった。わたしはあるいている。甘酸っぱい唾がわく。わたしは靄然《あいぜん》としてあるいている。聖カエルム病院の患者たちはしばしば病院から脱走し、わたしたち寮生も、脚の速い特技を活かせというわけで、脱走患者の追跡、捜索にかりだされることがあった。舎監はこれを寮生の「課外社会協力」（いまでいうボランティア）と位置づけ、参加をほとんど強制していた。そうすることで舎監には病院側からひそかになんらかの見返りがあったといわれる。わたしは都合三度、脱走患者追跡にかりだされ、三度とも患者をつかまえたが、叔父はさいわい脱走をこころみることはなかったので、叔父をおいかけたりタックルをかけたりという、つらいことをしないですんだ。患者が脱走するのはたいていい年になんどもない快晴の日であった。脱走する患者とおいかける寮生たちは、走りながらよくケラケラと笑った。鬼ごっこのように。わたしはあるいている。猫背にして闇の線路をぶらぶらとあるいている。あれは治療のいっかんだったのであろうか、聖カエルム病院内で患者を中心に医師や看護師らもくわわった劇団「かもめ」がつくられ、猛烈な読書家で文学青年だった叔父が脚本を書き、演出をするまでになっていた。いちどその創作劇「暗視ホルモンの夜」をみにいったことがある。変な名前だったから、筋のあらかたは忘れても題名は忘れられない。たしか、神経衰弱からたちなおる海軍の戦闘機パイロットの話だった。芝居の筋よりも、感に堪えなかったのは、役者たちのだれが患者でだれが医師、看護師かさっぱり見分けがつかなかったことである。さらに仰天したのは、わたしが内心、かれは医師であろう、彼女は患者にちがいないと見当をつけていたのが、後で叔父にそっと訊いたところ、ことごとく外れていたことだ。わたしが患者だろうとみなした役者は医師だったり研修医だったりし、医師か病院関係者だろうとふんだ出演者は、叔父によれば、すべて患者であった。そのころである、「ようきょう」というむずかしい、けれども、じつに奥深い人間現象を叔父からささやくようにして教わったのは。寮に帰り調べると、「佯狂」もしくは「陽狂」という漢字がそれだった。佯狂という言葉と現象にわたしはとても惹かれた。いまでも惹かれている。それは榾《ほた》という言葉と音に惹かれたのと、意味はまったくかんけいがないのだけれども、言葉の神秘性と人間という現象の逆説性においてどこか似ている気がする。いまは差別用語として使用が禁じられている（にもかかわらず実数が激増している）「キ×ガイ」という名詞は当時、わたしが育った街では平気でつかわれ、叔父じしんわるびれずキチガ×を自称し、その四シラブルをのべつ連発していたのだったが、「課外社会協力」で聖カエルム病院の庭掃除をしたとき、かれはわたしに小声でこう言ったのだ。「しゅうちゃん（わたしのニックネーム）なあ、人間はみんなたがってるんだよ。例外なくたがってる人間をもうすこし分類してみるとだね、世界には大別して、三種類のたがった人間がいるわけだ。たった三種類だけだ。×チガイと半キチ×イとニセキチガ×。これだけなんだよ」。わたしじしんは三種類のうちどれにあたるのか、やはり小声で問うと、叔父はぶっきらぼうに一番目だね、と答えた。「やっかいなのは……」と叔父はつぶやいた。「×チガイと半キ×ガイのあいだを、汽水の魚のように泳ぐ、ニセキチ×イつまり佯狂者というやつなんだよ」。叔父は佯狂者の実例として、「暗視ホルモンの夜」で端役の軍医長を演じていたI医師を名指しし、「にしても、かれの大根役者ぶりはすくわれない……」となげいた。I氏はニセ×チガイとして指弾されたのではなく、あの佯狂の大根役者め、つかいものにならん、とあくまでも演技上の欠点を非難されたのであった。I氏はれっきとした精神科医師であるのだし、わざわざ狂者をよそおう必要がないはずではないか、とわたしはおもったが、叔父によると、聖カエルム病院におけるかれは、それがI医師独特の治療法だったのかどうかはわからないが、叔父ら患者たちにたいし、しばしば患者以上に真性の精神病患者のようにふるまったのだという。その話にわたしは世界の軸の揺らぎを、それまで生きてきてはじめてかんじて、ぐらぐらと目眩がしたものだ。叔父だって佯狂者だったのではないか。半世紀前も半世紀後のいまも、ときどきはっとして、そうおもうことがある。聞くところによると、東方正教会においては佯狂者とは聖人の称号であり、狂人や阿呆をよそおい、ハリストスの教えをあきらかにする者であるというではないか。とすれば、その後、大津波でなんどもきれいに洗われたあの街には、やはりたくさんの聖人や神々がいたのだ。わたしはあるいている。とくに感傷はない。ただ、そろそろポラノンがほしい。ポラノンをほしひ。わたしは線路をあるきつづける。ある日曜日のよく晴れた昼下がり、劇団の主役クラスでもあった若い女の患者、きょうこが聖カエルム病院から脱走し、大さわぎになった。きょうこは眠そうな眼をした、若いときのモニカ・ヴィッテイみたいに首のながい美しい女で、民謡がめっぽううまく、病棟の窓から道ゆく男たちに笑顔で手をふるのと、たのめばだれにでもやらせるというので有名だった。「きょうこが逃げだどー！」。寮内にも声がとびかった。緊張の声ではなく、これから追いかけっこがはじまるぞといったていどの、ややふざけた声である。自室で本を読んでいたわたしにも、舎監から声がかかり脱走患者の追跡、捜索にくわわるよう命じられた。なにかの本の「真理をおびてはじまるものはみな、結局のところ、不可解なものとして終わらなくてはならない」というくだりを読んでいたときのことだ。親の誕生日を忘れても、なんということもないこの文を忘れることは、いまなおなぜかできないでいる。生きていると、つまらないきっかけで真理めいたことを体感することもある。じっさい、これまでわたしが生きてきたなかで、ショッキングなできごと、言説、映画、絵画、小説、詩のどれも、なにか真理めいてはじまったり、たちあがったりしたのに、結局のところは、不可解なものとして終わるか尻つぼみにならなかったものはない。さりとて起承転結のくっきりしたものは、お伽噺でもそうだけれども逆にわざとらしく、うそくさい。人の世の事理とはむずかしいものだ。親の死に顔はわすれたけれども、キアゲハの幼虫の感触は半世紀以上も前のことなのに、さっきさわったばかりのように憶えている。あの街にいたとき、キアゲハの幼虫を掌にかくして握手するいたずらが流行った。たいていはわたしのほうからしかけた。相手の手をつよくにぎって幼虫をつぶす。しゅんかん、掌が生あたたかくなる。緑色の体液が空気を染める。草の汁のにおい。芋汁のえぐいにおい。どうということもない。どうでもよい。どうということもないから忘れがたい。わたしはだれでもない。わたしはあるいている。わたしは線路をあるいている。ポラノンがほしい。寮の舎監は戦争で右眼を失明して安物の義眼を入れた、アンコウのようにぶ厚い唇をいつも唾でぬらぬらと濡らしている陰気な男(ほんとうは底抜けに陽気だという見方もあったが)で、声はあくまでもしずかで笑顔をたやすということがないが、笑みをうかべながら生徒を気絶させるほどなぐったりする、わたしにはおよそ得体のしれない、いやな男だった。こういうことはえてしてておあいこであり、舎監にとってもわたしは得体のしれぬいやな生徒だったのだろう、舎監はわたしにとどいた女子高生からの手紙を、わたしにまったくことわらず勝手に開封し、あまつさえ夕食時に全寮生の前で、れいによってぬらぬらと濡れたぶ厚い唇を、さかった雌ロバの性器のようにうごめかして、おだやかに笑いつつ、顔を手紙にはりつけるようにちかづけて、全文を読みあげ、読みおえてからわたしを立たせて往復ビンタをはったのであった。かれを戦争と帝国主義軍隊の被害者とひとくくりにして、いわば往事のサヨクふうに納得するやりかたをわたしはとらなかった。いまでもそうだ。かれは戦争と帝国主義軍隊の影響をあきらかにうけてはいたが、かりに戦争と帝国主義軍隊がなくたって、万々一、共産主義革命や世界同時革命が成功したとしても、救世主があらわれたとしても、あの種の男はいくらでも生じうるし、いまも日々生じている。わたしは退寮し、夢のなかでなんども寮に放火し、隻眼の舎監をなんども焼き殺してやった。舎監は焼いても焼いても唇をぬらぬらと赤くひからせて笑っているのであった。わたしはかれの軍隊式の暴力や理不尽な行為と思想よりも、唇をぬらぬらと赤くひからせて笑う、その笑いかた、唇の濡れぐあいのほうをよほど嫌悪し憎んでいた。後者を捨象するならば、舎監の問題は、この国のどこにでもある黒い沼からもくもくと沼気のように生まれた暴力と無教養にある、と単純化できたのかもしれない。が、あの男の笑いかた、唇の濡れかげんのほうは、わたしには最大限の報復を正当化できるほどに受けいれがたかったのだ。アイゴ。その舎監が脱走患者捜索に協力せよとわたしににやにや笑いながら命じ、わたしは舎監にたいする殺意を胸にたたんだまま、海岸の方向に坂を駆けおりた。脱走患者は、川でも山でもなく、たいてい海の方角にむかうことをこれまでの経験で知っていたからである。捜索チームのなかでいちばん脚がはやかったのはわたしだった。ヒーホー。わたしはチームからはなれ、ひとりで神社の裏道を走りぬけ、セイタカアワダチソウが生いしげる空き地(そこの掘っ立て小屋で昔、「ズボズボ」とあざけり呼ばれていたひとりの丈の小さな男がくらしていたのだが、わたしをふくむ子どもたちによるかれの身体への連日の投石のせいか——わたしの放ったいくつかの石が、かれの背中の瘤にドスッ、ドスッと命中した鈍い音と感触はその後も、わたしの脳内で鉛のかたまりと化して消えてくれない——病気のせいか飢えのせいかで死んでしまい、ひとつの掘っ立て小屋だけが頭蓋からはみでた記憶のようにのこっていた)を駆けぬけ、引きこみ線の踏切をこえて、堤防のちかくまでひろがっていた麦畑を漕いで、畦にうずくまってかくれていた脱走患者きょうこを見つけ、わたしもうずくまり、笑みをかわしあい、やがてやさしくきょうこにかさなり、十年前からこうなるように打ちあわせていたかのように、背中に海鳴りを聞きながら無言で喩えようもないほどスムーズに性交した。すばらしい性交だった。きょうこはもてるすべての窪みにわたしが入るように誘ってくれた。ワギナからアナルへ。ワギナからアナルへ。アナルからワギナへ。バギナ・ワギナ・アナル・エイナル・天在る《あめな》・一つ棚橋・妙《たえ》なる・ナル・null。無。いまひとつの蠕動《ぜんどう》の玄機よ。終わってからふたりしてスカンポ(イタドリ)をもいでそのまま食った。茎を折るとポンッと音がして女が笑った。きょうこはパンツをぬいだまま、スカンポの歌をうたった。ヒナゲシの花びらよりもうすい、いかにも薄幸そうな耳のむこうにやわらかな陽光が見えた。どおでえ(土手)のスカンポー　ジャワさらさー(更紗)　昼はホダル(蛍)が、ねんねするー　ぼーぐら小学一年生　今朝もかよって、またもどる　スカンポ、スカンポー、川のふちー　夏がきたきた、ドレミファソ。スカンポは酸味の奥にかすかな甘みもあって、半世紀以上たったいまでもあのときの味がわすれられない。わたしにはきょうこのどこがどうおかしいのかわからなかった。きょうこは畦から青魚のようにはねあがり麦畑を走った。わたしも走った。彼女はふりかえって笑い、逃げるように誘うように走った。パキパキと麦の茎が折れて、薄緑の光が一面に散乱し、すべてを透過し、わたしは青臭さにまみれてしあわせだった。きょうこは麦畑をぬけて入江の方向に走り、唐突に、トロッコのある土手の手前にぬっと立つイヌグスの樹にするすると登りはじめた。わたしは登らずに見あげた。葉陰にまっ白な尻がひかっていた。わたしは下からヒロポンの錠剤がないか問うた。常用者ではなかったが、わたしもたまに飲んでいたのだ。樹上からきょうこが答えた。ないから逃げたのよ、と。だれがもっているかわたしは訊いた。寮の舎監がひとり占めして、じぶんのためだけにつかっていると彼女は告げた。そして、きょうこはひとりごちるように「もう、夜なのに……」と、それだけを言った。真っ昼間であったが、もう、夜なのに、となげいた。中糸が切れてばらけた数珠玉の一粒。そして、「わーだーしゃ、そーどぉーやーまーあーの、ひーかーげーのーわーらーび、ハイハイ、だぁれぇも折らぬで、ほだとなる。コラサーアノサンサ、コラサーアノサンサ」と澄んだ声でうたいはじめた。すばらしい歌であった。わたしと彼女の、そのときの位置。樹上と樹下。ヒロポン——ポラノンという言葉の共振。榾。ほた。ほだ。さまざま記憶が引き込み線の軌条をぞわぞわとつたってきて、おぼろないまと交わった。わたしはあるいている。だれにも、なににも恨みなんかない。便意がないように、気になることもとくにない。いまが戦時なら戦時で、わたしのでるまくではない。戦時だから、どうしたというのだ。知ったことか。わたしは記憶の藻屑のなか、昏い線路をゆっくりとあるいている。ポラノンがほしい。

わたしはあるいている。レールの前方左手の壁沿いに、あれは保線夫の詰所とおもわれる、粗末な小屋が見える。窓のやわらかな黄土色がひとの温もりをかんじさせるのだが、それは早計というもので、あの黄土色は灯火ではなく、ペイントされた窓そのものの色なのかもしれなかった。だれがいるのだろうといぶかった。いぶかるのと同時に、あそこには古来、不寝番といわれる、ミミズクの目をした老いた男が、ダルマストーブをだくようにして待機しているにちがいない、とわたしは確信した。不寝番という言葉とそのひびきをわたしは好んだ。身うごきせずにひたすら待機するひとりの不寝番。ときの闌《た》けるのを、ときが闌けなくても、眠らずに待ちつづける、寝顔同然と見せかけながら、なにかを覗きつづける、じっとうかがいつづける不寝番。薄給、寡黙、陰気、ときに残忍、理由のない使命感。根拠のない忍従。ニンジャのような。闇をほおばり闇を吐く男。夜は不寝番によってそうやってつながれ、めぐっていく。わたしは保線夫の詰所をめざし鉄路をあるいた。そこにポラノンがあるかもしれない。不寝番がポラノンをもっているかもしれない。申しおくれたが、いまやだれもがポラノンを愛しているのだ。というより、ほとんどのひとびとはポラノンなしにやっていけないほどポラノンにおかされていたのだ。ポラノンはかつては禁止薬物であり、その後、脱法ドラッグに指定されていた。しかし、いまは特定保健用食品であり、

EISF＝除倦精神清澄化補助食品（無添加、無着色）とされ、処方箋なしにどこのドラッグストアでもその青い錠剤を買うことができた。ところが、あまりの人気で品不足がつづき、ポラノンのジェネリックに似せた密輸品、密造品がひろくでまわっている。もちろん、一部の良心的とされる薬学者や市民運動家らは、ポラノンはメタンフェタミン塩酸系塩末ないしこれと相似する薬物を成分としており、かつてのヒロポンに薬効、副作用ともに類似しているのだから、やはり禁止薬物に指定すべきであるといちじ主張したが、そうした学者や市民運動家、マスコミの記者たちにもポラノンがしずかに浸透しはじめるにつれ、ポラノン禁止の声はしだいにひくくなっていった。ポラノン販売による利潤の一〇パーセントは軍備強化だけでなく貧困層援助を中心とする社会福祉にもあてられているというのである。わたしはあるいている。線路をあるいている。デデレコデン、デデレコデンデン。テレビ、ラジオは連日、ポラノンのCMソング「明日は咲く」を流している。この歌は爆撃被災地復興支援や祖国防衛戦争協力をかねており、宝くじソングもうたっている顔の大きな有名歌手だけでなく、俳優、スポーツ選手、漫画家、詩人、お笑いタレントらによってもノーギャラでうたわれ、それぞれがニッポンジンであり、たがいにおもいやり、たすけあうことの満足、抗わないことの幸福を、聞く者すべてにかんじさせていた。わたしはあるいている。ポラポラ。しかし、ごく一部ではあるけれども「明日は咲く」をけぎらいするひとびともいるにはいたのである。かれらは反社会性人格障害や敵性思想傾向をうたがわれ、それとなく所属組織や社会から監視されている。「明日は咲く」への好悪のべつは、とりもなおさず、ひとびとの反社会性や規範意識の有無を判断する基準にもなりつつあった。「明日は咲く」のインターネットのダウンロード件数はすでに二千万件をこえたという。うすく哀しく美しい、ポラノンのCM兼祖国防衛戦争支援ソング。明日は、明日は、明日は、明日は咲く。花が、花が、花が咲く。いつかおもむく君に、花が、花が、花が咲く。明日は、明日は勝つ。花が、花が、花が咲く。きっと勝つ、よろこびの花、夢の花。聖カエルム病院の青いコスモス。空ににじむ青。うすい透過性の青い花弁。争わない青い花。青い錠剤。ポラノンの効きめはひとによって多少のちがいがあるものの、いまを生きることに各人が「適正な幸福感」、「淡い満足感」、「ほのかな充実感」、「他者との一定の連帯感」をえられるという点ではほぼ共通していた。いうまでもなく薬効というものは個体差があるので、こうした積極的効果のみられないひともまれにはいる。ヒロポンの副作用であった極度の依存症、興奮、情動不安、眩暈、不眠、多幸症、振戦せん妄(離脱・禁断症状)、木登り症、頭痛、心悸亢進、頻脈、血圧上昇、食欲不振、口渇、不快な味覚、下痢、便秘などは、ポラノンにおいてはあまりみられないか、または、そうした副作用に似た症状がでてもごく軽微であるといわれている。副作用にくらべ、効用はいくらでもある。厭世症、反社会的性向、孤立癖、厭人症、皮肉癖、不適正な悪意、多弁症、異常性欲、怒りっぽさ…など各症状の軽減だけではない、ナルコレプシー、各種の昏睡、嗜眠、もうろう状態、インスリンショック、鬱病、統合失調傾向、認知症傾向、脳卒中後遺症の改善、倦怠感・眠気除去など、あげればきりがないが、識者らがいちように指摘するのは、かつて社会にあった「過剰にポレミカル」な文化傾向が一定のやわらぎをみせ、ひとがひとをおもいやる、ないしは適正におもいやろうとするこの国の伝統とコンプライアンスの精神と気風が生まれつつある、ということである。また、ある東京紙の社説は、こう述べている。「事実上の戦時下」にありながら、わが国がこのような文化傾向を保持しえているのは、ポラノンのはたらきもさることながら、民族的特性と優位性をしめしているのではないか、と。とりわけ注目すべきは、夕刊文化面に載った、ことし紫綬褒章を授与された有名な詩人(歌会始の召人、元サヨク)のエッセイ「みんなでひとつの花を」である。それによれば、この国の旧サヨクやかれらに毒された民衆はながらく「屈折した選言的思考」に無意識に慣らされ、美や善き思想をじっさいにはこころから信じてもいないのに、たがいに信じているふりをする旧式の「スタヴローギン的不信」と複雑な相互なりすましの演技で生きてきた、という。すなわち、じぶんが信じていることを信じていない。信じていないから、じぶんが信じていないということも信じようとしていない。そのくせに、たがいにいかにも信じているふりを、たがいにうそと知りつつ、うそを指摘しあうこともなく、倦まずやってきた、というのだ。しかし、「ポラノン文化」(と詩人は言う)はそうしたなりすまし社会をゆっくりと、しかし着実に変えつつあるのであり、ひとびとは美や善き思想、友愛の精神をそれとして純粋にみとめるようになってきた云々と書いている。いままさに「思考の諧調化」がすすんでいるのだ、と。グアルダ。アイゴ。わたしはひとりであるいている。なにもさびしくはない。でも、ときどき、心臓をうすい剃刀で切りつけられるように寂しくなる。あな寂しかも。だから、おもいつくままにうたう。こんな夜道はうたってあるくしかないのだ。「トントン　トンカラリと　隣組／格子《こうし》を開ければ　顔なじみ／まわしてちょうだい　回覧板／知らせられたり　知らせたり／トントン　トンカラリ

と　花は咲く／あれこれ面倒　味噌醤油／御飯の炊き方　垣根越し／おしえられたりおしえたり／トントン　トンカラリと　花は咲く／地震やかみなり　火事ドロボー／たがいに役だつ　用心棒／助けられたり　助けたり／とんとん　とんからりと　花が咲く／何軒あろうと　一所帯《ひとしょたい》／こころは一つの　花が咲く／トントン　トンカラリと屋根の月／まとめられたり　まとめたり／わたしはなにを殺しただろう／トントントンカラリと　花が咲く／いやさかいやさか　花は咲く」。わたしは鉄路をあるいている。ひくくうたいながらあるいている。まあまあよい気分だ。なのに、心臓が急に寒くなったり動悸がしたりするのはどうしてだろう。わかっている。ポラノンがほしいのだ。切れてきたのだ。わたしにはいま尿意も悪意も便意も戦意もない。害意なし。わたしはあるいている。あっ、影だ。おびただしい影。犬のかたちをしている。キツネではない。犬だ。線路といわず側道といわず、長い尻尾をたらした犬たちがどこからかあつまってきていて、みな下をむいてなにかしている。いくじゅうもの夕ペタムが、上下左右に荒海を航海する小船たちの船灯のようにせわしなくうごいている。側道の犬の影たちはみなで一心になにかをなめているのだった。線路上の影たちはなにかの黒いかたまりを必死にむさぼっている。黒いかたまりはたくさんの影の犬の口に噛まれて、保線夫の詰所のほうにずるずると引きずられていく。ときおり唸り声がする。食いあらそっているのだ。ペチャペチャと血の溜まりをなめるあさましい音がする。無理もない、うまいのだろう。保線夫はなにをしているのだろう。不寝番は犬どもの狼藉に気づいていて気づかぬふりか。わたしは線路上をあるいて影の犬たちの群れにちかづく。すると犬の影はわたしにおそいかかるのではなく、肉や骨を引きずりながら左手の壁に移動していき、壁の基底部に開いた穴をつぎつぎにくぐって壁のむこう、ないしは壁の内部に消えていくのだった。影の犬どもは壁のむこう、または壁のなかからこちらがわに黒い油のように洩れでてきたことがこれでわかった。あのなかに篤郎のバカ犬も影になっていたのかもしれない。影の犬に食われていたのは、完壁をよそおう壁のちょっとした遺漏により、マヌケにも壁から洩れてでてきた篤郎のからだだったのかもしれない。気の毒なことだ。が、いかにもやつがやられそうなことだ。なにがおきるかわかったものではない。ま、大したことではない。「死滅した太陽との衝突の結果われわれの遊星が一挙に消滅するほどの悲惨事ではないから」。メネフネ。犬どもの消えた軌道上を蹌踉としてあるく。保線夫詰所はごくちかくに見えるのに、あるいてもあるいても、なかなかちかづかない。わたしはそのことを不思議におもいもしない。つらいともおもわない。そのようなものだ、しかたがないと、どこかであきらめている。わたしはあるいている。不寝番はいい。よい。言葉に影がある。おもさがある。墓守、森番もわるくない。木こりもなかなかだ。樵の漢字もすてきだ。翳りがある。でも里山はあまりよくない。サトヤマ。ありもしないのに、言葉だけがつかわれすぎだ。すべてのわざとらしさ。わざとではないと咲けば咲くほどにうそになる胡蝶蘭。あんなにもニセくさい赤い唇弁。ニュースキャスターのように。あのわざとらしい深刻顔。はい、2カメさん、アップね。とってつけた笑顔。おためごかし。なべてのわざとらしさよ。透明のすさみ。じょうずごかし。水琴窟、手水鉢《ちょうず》のうそくささ。ロラン・バルトの気障。ゆきわたるわざとらしさ。いっぽう、鴉片窟《アヘン》、中毒者の痰壺のなかの玄奥《げんおう》よ。言語化不能の深淵。死にかかった雌のマッコウクジラの、すこしもわざとらしくない、まなざし。イエス・キリストの鏡像。おのれに見入るイエス。主よ、あなたは鏡を見たか。主よ、見なかったはずがないではないですか、主よ。キラルとアキラル。あなたの鏡像。合わせ鏡。鶏姦。鏡像異性体。主よ、あなたはきっと見たにちがいない。性交とともにもっともいかがわしいものとされる鏡というものを。鏡。たぶれの始原。主よ、なぜ鏡とあなたのかんけいをひたかくしにするのですか？　「わたし」とは、すなわち、一個のイカれた「他者」である、となぜおしえてくれないのですか。叔父は言っていた。病院の患者たちはあまり鏡を見ない。見たがらない者が多い。しかし、鏡を見る者は、何日も何日も、じっと鏡を見ている、他者を見るように鏡のなかを覗いている、と。じつは。実は。じつは。副詞じつはをいいすぎたのだ、じつは…と、じつは。じつは、は、じつはもうない。じつは、はあまりにもつかわれすぎた。つかわれすぎると、じつは以下に述べられるできごとと表象が砂の城のようにくずれる。で、世界はじつはくずれるべくしてくずれてしまった。ま、それはそれでよいではないか。森番より木こりより、だが、不寝番だ。ふしんばん。ひびきが最高だ。それに、不寝番というからにはポラノンとなにかかんけいがあるだろう。きっとそうだ。そうにちがいない。枕木をふんであるきつつ、マクラギノボウフショリの音がまた胸元にわいて喉をすべりあがり口中でふくらんだ。枕木の亡父処理。ではなく防腐処理。枕木の防腐処理にかんする研究は、聖カエルム病院の患者と医師らによる創作劇「暗視ホルモンの夜」に登場した主人公の研究テーマなのであった。もしもあの不可思議な芝居をみることがなかったら、枕木の防腐処理にかんする研究など、なんべん生まれかわっても脳裡にうかぶことがなかったにちがいない。

とはいえ、なにぶんにも半世紀以上まえの記憶である。あったことが、風にけずられる砂丘さながらに消えうせて、その空隙に、じっさいにはなかったことがつけくわえられているかもしれない。わたしはだれでもない。わたしはあるいているだけだ。わたしはどこかをあるいている。ありく。闇をつきありくらむよ。いとをかしくはない。

わたしはあるいている。わたしはその芝居「暗視ホルモンの夜」に招待されたのだった。なぜまねかれたかというと、脱走患者の追跡、捜索、捕捉に協力したからという名目ではなかったか。舎監もまねかれていた。舎監は聖カエルム病院の院長とずいぶん親しそうにしていた。どうやら頻繁に病院にでいりしているらしかった。舎監も院長も悪人であった。大した根拠もなくわたしはそうきめつけていた。制服の警察官もきていた。にしても、おかしな芝居であった。なにが、どうおかしいのかを説明するのは、しかし、容易ではない。はらわたが引きつれるようなおかしみ、とでも言えばよいのだろうか。ものすごい深刻さと滑稽、意味と無意味、誠実と愚昧、狂気と正気、それらのほどよい融けあい、それとしてすぐには判別不可能な不ときどき。または戯《たわ》けの気配があった。庭には青いコスモスがハミングするようにそよいでいた。記憶の細部はまるで融けた寒天そのもの、輪郭がなくなっているものの、叔父が台本を書いた芝居は、たしか太平洋戦争敗戦三か月ほど前の一九四五年の初夏から物語がはじまっていた。主人公の帝国海軍夜間戦闘機隊員、青島少尉が仲間の隊員とともに、海軍横須賀鎮守府の軍医長室に呼ばれ「天皇陛下のおんため」と言われ、腕に注射をうたれる。軍医長によると、それはドイツで開発された画期的新薬で、夜間の視力をかくだんによくする薬効のある「暗視ホルモン」というもので、どうしても肉眼にたよらざるをえない夜間の空中接近戦のさいには特別の効きめがあるのだと縷々説明された。青島少尉らは夜間出撃のまえにはかならず「暗視ホルモン」を注射され、その効果かどうかはまだ医学的には不明ながら、愛機「極光」に搭乗して、一晩で敵のB－29機を五機も撃墜して一躍英雄になった。と、ここまでは、昏い舞台のスクリーンに赤や黄色の照明がいりみだれて交差し、稚拙な影絵で大きなB－29とそれにくらべればメダカのように小さな海軍夜間邀撃《ようげき》機の機影が映されるなか、女性患者のナレーションで前段の筋がかたられた。老人患者が尺八を、若い患者がハーモニカをもってたちあがり、調子はずれの「海ゆかば」を合奏した。老人患者は演奏が終わってからも首をこきこきとふりつづけていた。「この劇はある史実にもとづいて創作されたもので、わたしたちの先人たちによる神経症克服のたゆみない努力をえがいております」といった前置きも第一幕開始にさきだって述べられていたのだが、高校生だったわたしは、いや、わたしだけでなく他の観客たちも、神経症克服云々より、惨憺たる敗戦状況下、一晩で米軍機を五機も撃墜したスーパーマンのような英雄がいた、という話のほうに、ことの真偽のほどはべつにして、というより大いにうたがいながらも、惹きつけられた。それらのことよりも、なにより、精神科病院の患者たちがここまでたくみに役がらをこなしているということに心底驚嘆したのだった。しかし、劇団「かもめ」のリーダーであった叔父があの芝居でなにを訴えたかったかは、いまおもえば、なぞといえばなぞである。神経症克服や公序良俗、愛国心発揚を建前上アピールする意図があったことはうたがいない。ただ、それだけだったのか、劇をみた当時より、年へるごとに疑問がふくらむようになった。叔父は「暗視ホルモンの夜」という芝居のなかに、なにかをこっそりひそませていたのではないか。終戦直前にB−29を撃墜して英雄となった青島少尉は戦後、神経衰弱の症状に悩むが、妻の献身的なささえをえて長期間闘病して病気を克服し、その後、線路の枕木の防腐処理について一意研究して国家社会のために貢献した、というのが、わたしの記憶するかぎり、いささかもりあがりにかけるその創作劇の筋だてであった。枕木の防腐処理。マクラギノボウフショリ。夜間空中戦という劇的戦闘行動と対照的な、およそ華やかさに欠けるこの言葉を、わたしはずっと忘れることができないできた。枕木はかならず防腐処理しなければならない。枕木たちはそうしなければ、時とともに腐ってしまう。シロアリにやられるかもしれない。クレオソート油をもちいるのだろうか。木タールを蒸留してとりだした油液を塗るのか。クレオソート。過去のにおい。樹の芯の刺激臭。それともコールタールか。どこまでもおもく、愚直で、目立たず、黙してじっとうごかざるもの。篤郎のような。そのようなものにわたしは劣等感をもちつづけている。マクラギ。ずしりとおもい、なにか「正義」のようなもの。にもかかわらず、わたしがどこかで苦手としている概念。枕木。たいするに、榾《ほだ》もいくらがんばったって枕木にはなれない。榾と枕木。よけいなものと大正義。青島少尉はヒロポン中毒を治療中だった男前の元中学校教員が、その妻は眠そうな眼のきょうこが演じた。きょうこは首がながく、耳は経木《きょうぎ》のようにうすく光が透けたっけ。きょうこの耳ごしの景色はいつも朝焼けであった。にしても、「暗視ホルモン」とはよく言ったものだ。いやはや、まったく絶妙だ。いま聞けば、まるでネットで闇販売している脱法薬物の名前ではないか。わかるようでわからない。わからないようでわかる気もするネーミング。暗視ホルモン。視力をして漆黒の闇を見透かすようにせしめる生理的物質。ぬばたまの夜霧の立ちておほほしく照れる月夜《つくよ》の見れば悲しさ(坂上郎女)。といった、霧の夜陰をもはっきりと見とおしてしまうようにする救国の薬。いっそ詩的ですらある。しかし、モノの名前とは摩訶不思議なものだ。「暗視ホルモン」はすくなくとも一九四〇年代には一部で抵抗なくうけいれられていたのだろう。そして創作劇「暗視ホルモンの夜」によるならば、横須賀鎮守府の軍医長がその名をかたったというのだから、信じるなというほうが無理である。戦争と資本の運動は言葉をいくらでも濫発し乱舞させる。いや、戦争と市場は、言葉と意識のうねくりのことでもある。夜を想起させるネーミングのなにやら不可解な神秘性と微妙ないかがわしさが、かえって尋常ではない効能をにおわせている。倫理を声高に言いつつ、倫理にもっとも欠けた戦争ＣＭ。暗視＋ホルモン。よくもかんがえついたものである。わたしはあるいている。すごごとあるいているのだ。性欲はない。戦意はない。便意もない。叛意もありませぬ。とくにだるくもない。ポレポレ。やはり「真理をおびてはじまるものはみな、結局のところ、不可解なものとして終わらなくてはならない」のだとおもう。戦争がそれだ。

ひとという生き物もそうではないか。あたかもなんらかの真理をおびているかのような誕生のしゅんかんと不条理にみちた生と死。従容として死に就く、死におもむくなんて、生者のがわのいいかげんなレトリックにすぎない。ひとは、ひっきょう、自他のすべてについてなにも真理をつきとめえず、さんざぶざまにあがいたあげくに、ある日あるとき、すべて不可解なままに、徒雲《あだぐも》のようにすっと果てるのだ。つきとめるべき真理の存在の有無さえいぶかりながら、意識が四散し揮発するほかない。死のしゅんかん、もしも遠い日のユスラウメの実の甘酸っぱさでもおもいだせでもしたら、それこそラッキーというものだ。なにもない。わたしがもうだれでもないように、生にも死にも、なにもないのだ。死んだ、悟い意識の海溝をわたしはおもう。死んだ意識の海溝の、もっとも深い割れ目をなぞりつつ、わたしは線路をあるいている。これは夢ではない。悟い閾《いき》かもしれないが、わたしはまだ死にかかってもいない。と、おもう。わたしはあるいている。さしあたり、保線夫詰所をめざしてゆっくりとあるいている。詰所には実直で寡黙な不寝番がひとりいるものとおもわれる。不寝番はその音「フシンバン」のとおりに石のごとく存在して、世界の夜にまさしく夜らしき根拠のようなものをあたえているはずだ。みかけだけにせよ、最低限のそれが秩序というものだ。不寝番の概念は、枕木に相似の重量と、おのずからの正当性をおびる。アプリオリの正義。正義めく枕木。犬釘。転轍機。線路の両脇の側道がところどころレンガ色よりももっと赤みをつよくして濡れたように光っている。数万のイトミミズの蝟集《いしゅう》のように。ように、という言い方にわたしはまたもつまずく。濡れてひかっている、あれはイトミミズだ、となぜ言えないのか。線路の両脇の側道が、じっさいには濡れていないかもしれないことを、怖れているのか。たぶん、そうであろう。じつにばかげている。遠い昔、天皇陛下のおんため暗視ホルモンを注射して出撃せよ、と言いはなった者さえいたというのに。たかがイトミミズの明喩ごときでわたしはなにを怖れているのか。ように、ような、と言うたびに、こころが擦過傷を負う。この軌道のそう遠くないところで、だれかが夜爪を切っているような気配をかんじる、と、わたしはいったん脳内記述し、あわてて消して、この軌道のそう遠くないところでだれかが夜爪を切っている、と書きかえる。そう書きかえさせていただいたが、だれかが迷惑したわけではない。終戦時、「畏《かしこ》し、萬世の爲太平を開く」という新聞の見出しがおどり、萬世のため太平が開かれた、そのつづきの夜を、わたしは生きさせていただき、じぶん、こうやってあるかせていただいているのであります。「畏し、萬世の爲太平を開く」の記事の主見出しはなんだったか。「戰争終結の大詔《たいしょう》渙發《かんぱつ》さる」だ。戦争をはじめたのも、やめるのも、人間主体たちや人間集団ではなく、あくまでもみことのりによってなされるしかけである。みことのりを発した一個の有機体のありようと、その生物個体の息づかいや、かれの腸の内容物がモワモワと発酵または腐敗して生じたガス、そしてかれのひととしての愛や責任などにおもいをはせることはさらになく、ただひたすらみことのりとその渙発主体の幻影と表象を利用し、幻影にかくれて軍部も民草も主体的責任をかんぜずにきた。いやさかいやさか。あなかしこし。ナンダアコラヨート。わたしは戒厳令の夜をあるいている。ああ、どこからかドクダミがにおう。Ｓ市の闇からドクダミのにおいが流れてくる。毒矯み。ドクダミのにほひもあやに闇をながれる。ハノイの闇にもドクダミはあった。フォーにのせてしょっちゅう食った。ザウザプカー。「お魚の、お野菜の、葉っぱ」だ。ただならないにおいのせいか、ニッポンではジゴクソバともいう。わたしはあるいている。不寝番は詰所でうつらうつらしているだろう。わたしはあるいている。暗視ホルモンはのちに、おどろくなかれ、たんなるヒロポンであったことが判明したのであった。あの創作劇にはでてこなかったが(叔父はわざとださなかったのだろう)、ヒロポンは一九四九年に政府により劇薬に指定されたものの、一九五一年に覚せい剤取締法が施行されるまではりっぱな合法薬品だった。どころか、「除倦覺醒剤」として新聞・雑誌で広告まで
されていた。キャッチコピーは「作業能の増進に除倦覺醒剤ヒロポン錠」「体力の亢進　倦怠除去　睡気一掃　頭脳明晰化」「一機・一臺・一艦でも増産急務」等々。「疲労をポンととる」からヒロポンなのだという、軽々として絶大な説得力をもつこの語呂は、こどものわたしでも知っていた。だが、海軍横須賀鎮守府の軍医長が、東京大空襲ですでに空前の被害をうけ敗戦がすでに明々白々であったにもかかわらず、夜間邀撃機の搭乗員にヒロポンを暗視ホルモンとして注射して出撃させていたとは、叔父たちの創作劇「暗視ホルモンの夜」をみてもわからなかったし、闇夜の鱶《ふか》のようなこの話のほんとうの底惛さをかんじたのは正直ごく近年のことである。わたしは惛い線路をあるいている。不寝番詰所にむかっている。尾行者も監視カメラも監視衛星もステルス性能の無人飛行機も、わたしのうごきをそう判断しているだろう。あるきながら、またコスモスが眼にうかぶ。青いコスモスがまなかいをよぎる。わたしは闇をあるいている。風にそよぐ青いコスモス。風を染める青いコスモス。コスモス研究者によると、しかしながら、青いコスモスなど世界のどこにも現存しない。そう言うのだ。そのわけは、青い花が通常ふくんでいるデルフィニジンという色素合成のための酵素がコスモスにはないからなのだという。いっぽう、分子生物学をもとにしたバイオテクノロジーの発展により遺伝子を自由に植物に導入して、すでに青いバラがつくられたように、青いチューリップや青いコスモスの「開発」がいま、すすめられているという。その青いバラを見たことがある。感想はひとことで足りる。悪趣味。青いバラは、どす青い死者の首だ。切れない竹光でむりやり斬りおとした、ぎざぎざの斬り口の、どす青い死者の首である。どす黒い、どす赤いとはよく言われる。しかし、どす青いとはあまり聞かない。どすの誤用だろうか。でも、人工の青いバラは、どす青い死者の首だ。それにしても、奇妙な話ではないか。わたしは聖カエルム病院の庭に、海からの風にそよぐ青いコスモスをたしかに見たのだ。そう記憶している。あれはたしか、ソ連が最初の人工衛星スプートニク1号を打ち上げ、美空ひばりがファンに塩酸をかけられてやけどを負ってから四年後の一九六一年ごろである。植木等の「スーダラ節」や渡辺マリの「東京ドドンパ娘」がはやっていた。そのころ、旧日本軍の少将や将校たちが画策したクーデター未遂事件(「三無事件」)が発覚し、「無税・無戦・無失業」をとなえた男たち十三人が逮捕された。無税・無戦・無失業！　いいね！　サムアップ。拡散希望！　しかし、ひとびとはいっぱんにパチンコに熱心でもバイオテクノロジーやクーデターには熱心ではなかった。また、わたしの知るあるひとびとは、ヒロポンにとても熱心であったであろうけれども、青いバラや青いチューリップや青いコスモスを見てみたい、それらを売りたい、買いたいなどという動機も意欲もなかった。しかし、ヒロポン中毒者もそうでないひとびとも、「スーダラ節」や「東京ドドンパ娘」をよくうたった。とてもしあわせ、ドドンパ、ドドンパ、ドドンパが、あたしの胸に、消すに消せない火をつけた。ドドンパ、ドドンパ、ドドンパ、ドドンドン。わたしは聖カエルム病院の庭に咲き、海からの風にそよぐ青いコスモスを見た。見とれた。鉄格子の病室の窓際にきょうこが青い浴衣を着て立っていた。青いコスモスを見るように見とれた。わたしたち寮生は病院の前の坂道をとおって高校にかよった。きょうこを見かけると、寮生たちは「きょうこ、ほれ、うだえ、うだえ！」と声をかけた、というより、はやしたてた。わたしはそれにはくわわらなかった。きょうこは京子や鏡子や杏子や匡子だったかもしれないのに、みんながきょうこを狂子とおもっていた。わたしは、きょうこはきょうこだ、とおもっていた。本橋先生や叔父、ブタと性交した男、ハトを性器に入れた女のように、きょうこも神かもしれないとかんじることがあった。きょうこはぴんと直立不動になり、鉄格子に顔をつけるようにして外山節をわたしたちにむけてうたった。わーだーしゃ、そーどぉーやーまーあーの、日蔭のわーらーび、ハイハイ、だぁれぇも折らぬで、ほだとなる。コラサーアノサンサ、コラサーアノサンサ。よくとおる、海まででもよくのびる声だった。しかし、寮生たちは歌を聴きたかったのではない。きょうこが突然スイッチの入ったロボットのようにうたいだすのを見たかっただけなので、外山節なんかだれも聴かずに、嘲り笑っておりすぎただけだ。しかし、きょうこの声で青いコスモスがさわさわと揺れた。あのころ、青いコスモスなんて、病院にかぎらず、どこにでも咲いていた。青いカタバミだってあった。そうおもっていた。おもうもなにも、じじつ、どこにでも咲いていたのだ。ところが、長じてから知ったのだが、コスモスの在来種はおおむね白、ピンク、紅の三種であって、品種改良された黄花コスモスはあっても、青はありえないというのだ。それは、きょうこなどこの世にいなかったと言われるにひとしい話であった。わたしの記憶ちがいなのだろうか。それとも、青いコスモスはあのころあのあたりに群生していたのだが、その後に消滅したとでもいうのか。ヒロポンだって青いコスモスのようにかつてはどこにでもあった。叔父も打っていた。父だってやったことがあるだろう。わたしも注射はやらなかったが、錠剤ならやった。ジョロヤ(女郎屋)の客も女たちもやっていた。みんな目に青いコスモスを生やして生きていた。目という目に。わたしはあるいている。きょうこをおもい、あるいている。いつか風のたよりに、きょうこはみぞれの日に牡蠣飴屋の軒下で死んでいたと聞いた。わたしは泣いた。妻が死んでも子どもらが死んでも父が死んでも泣かなかったわたしが泣いた。退院後、子づれでホイド(物乞い)をしていたという。子どもの手をひき、一軒一軒、玄関先で外山節をうたってはわずかばかりのお金をもらっていたらしい。子どもは裸足だったし、きょうこは骨と皮にやせ細っていたという。外山の日蔭のワラビのように、だれも折らずに、一片の梢となって死んだ。二回目の大津波よりだいぶ前のはなしだ。いまでも信じられない。信じたくない。きょうこはむろん狂子ではなく、ただしくは今日子だったという。けれども、わたしにはきょうこである。きょうこはきょうこ。青い花は青い花。みぞれの日にも子連れだったというその子どもはどうなったのだろう。その子はわたしの子か、舎監の子か、ほかのだれかの子だったかどうか、いま生きているのか、知らない。叔父は退院後まもなく自殺した。数百年前から決定されていたように、海岸の松の木に首を吊ってあっさりと死んだ。わたしはおどろかなかった。予感していたから。叔父は一輪の青いコスモスになって空高くとんでいった。舎監も死んだ。もちろん、わたしが無慈悲に殺してやった。「課外社会協力」としてではなく、つまり世の中のためにではなく、たんにきらいだから殺してやった。わたしは線路上をあるいている。わたしはあるいている。ポレポレ。こたみはつつむことなくさしあゆむ。わたしはあるいている。

　わたしはあるいている。不寝番がいるであろう、保線夫の詰所にむかってあるいている。ステルス戦闘機「殲《ジェン》－35」が上空をすべっていく。まるでエイだ。まるでは余計である。上空をすべっていくもの、あれはトビエイである。ステルス戦闘機とトビエイに、どれほどのちがいがあるだろう。よりどころはない。もう寄る辺もない。なんの手がかりもない。闇の空をおよぐ魚たち。エイ、タチウオ、アオギス、ウツボ、ホウボウ。あのものすごく長いのはリュウグウノツカイか。くねくねと闇夜にあそび、やがて、宙から左手の壁へとおよぎ入り、一尾一尾が壁のしゃれた象嵌となってそれぞれの目や鱗をひからせている。それらを見るともなく見ながらわたしはあるいている。すでに戒厳令だという。準戒厳令とも、事実上の戒厳令ともいわれる。よりせいかくには非常事態措置適用下にあるともいう。ふん、だからどうしたというのか。中国は事実上の内戦状態にあるという。中国共産党もやはり分裂ぶくみだ。朝鮮半島でも激烈な戦闘があった。極東は難民だらけだ。哺乳類に感染し体内で爆発的に増殖する超新型鳥インフルエンザウイルスによる死亡件数もいっこうにとまらない。新疆ウイグル自治区で数十体ものひとの屍が野球ボール大の雹とともに空からふってきたという。なんということだろう！　と、どうじに、だからなんだというのだ、so fucking what?という気分がぬけない。現象はいくらでもある。なんでもある。ないものはない。ただ本質だけがない。ロゴスとは感情の一形態である、という理論が定着した。みなが、たがって、いる。世界中がたがって、いる。しっちゃかめっちゃかである。歴史は廻りめぐる。青い花はまわる。廻りめぐる。ヨサレソラヨイヤ。ナギヤド・ヤーラ！　わたしは線路をあるいている。壁に沿って壁に圧迫されながらあるいている。つぶやく。聞こえないように。クソ壁め。壁のバカヤロウ！　叔父は一九四五(昭和二十)年夏の新聞記事をあの創作劇の基礎的資料にした、とわたしに明かしてくれていた。あの芝居をみてから十年以上がすぎたころ、わたしは東京でくらしていたのだが、突然おもいたって図書館でその新聞記事をさがした。あった。こころのどこかではありえないといぶかっていたのだが、ほんとうにあった。ほんたうに載っていた。六月十四日づけの朝日新聞だった。「玉音放送」(ある女子大生がさいきん「タマオト放送」と読んだらしい。ま、よいではないか)のたった二か月前の記事である。見出しは「皇土防空作戰に偉勳」、「全軍に布告」だ。記事の冒頭には「海軍省公表(昭和二十年六月十三日)」とある。本文は「昭和十九年十二月以降本土來襲敵機の邀撃戰に従事し、撃墜B29六機、撃破B29二機の偉勳を奏せり、特に昭和廿年五月廿五日夜敵B29大編隊関東地方に來襲するや「月光」に搭乘、之を関東西南方より東北方に亘る地區に於て邀撃波状連續來襲する敵機に対し適切機敏にして果敢なる攻撃を反復し、單機克く撃墜五機、撃破一機の赫々たる戰果を収め、皇土防空作戰に寄與せるところ極めて大にして其の武功抜群なり　仍て茲に其の殊勳を認め全軍に布告す　昭和二十年六月一日　横須賀鎮守府司令長官　戸塚道太郎」。わたしは舌をまいた。なんというシュールレアリスムだろう。ほとんどすてきではないか。ほ、と、ん、ど、す、て、き、なんて言い方はないけれども、これがほとんどすてきでないとしたら、いったいなにがほとんどすてきだろうか。なにもほとんどすてきではないであろう。敵B-29大編隊にたいし、たった一機で適切、機敏にして果敢な攻撃を反復したのだそうだ。ここでも「適切」だ。東京は、一九四四年十一月以降、百回以上の空襲を受けている。なかでも、一九四五年三月十日、四月十三日、同十五日、五月二十四〜同二十六日の都合五回の空襲は熾烈、甚大どころではない、一九四五年三月十日だけでも十万人以上の死者がでたのであり、文字どおりの無間地獄、阿鼻焦熱地獄そのものであった。その火炎は横須賀からでも見えたという。狂気とはもうこれ以上進行することのない心痛のことだ、とだれかが言った。悲しみの最たるきわみに狂いがある。狂いとはすなわち悲しみだ。ヒロポンを打たれて、たった一機で勇躍B－29群にむかっていった兵士。哀しき英雄。荒誕怪奇。狂気はどこにあっただろうか。兵士か、命令を発した上官か。軍国主義ぜんたいか。ヒロポンまでもちいた軍部か。正気か？　しかれば、きょうこに狂気はあっただろうか。「もう、夜なのに…」。きょうこのワギナの、あの母のようなぬくもり。内心の蠕動《ぜんどう》。その収縮によって生じた無意識のくびれが、漣《さざなみ》としてじょじょにわたしへとつたわってくる、あふれる、善でもあり悪でもあり、善でもなく悪でもない愛と奇蹟の漣。わたしこそ、たがっている。ご想像のとおり、わたしはポラノン常用者だ。たぶんポラノン中毒者だ。それでも、きょうこたち神々としんしんと共振する玄奥を知っているつもりだ。愛。青い花のそよぎ。オオハルシャギク。青金石の色。叔父のどこが狂っていただろうか。叔父は言っていた。すべての存在には根拠がないんだよ。「無根拠」をたえずたしかめてこそ、安らぎと自他へのやさしさが深まる、と。うす青いnullの穴のアナル。チンハココニコクタイヲゴジシエテチュウリョウナルナンジシンミンノセキセイニシンイシツネニナンジシンミンミントトモニアリ。ナンジシンミンソレヨクチンガイヲタイセヨの語義、文意、含意、声調、語調と「もう、夜なのに…」の露の吐息のどちらに狂気があるのか。このような文をチンに言わせた者たちの、狂気の〝赤誠〟とうらぎり。ときに他から言わせられたとされ、またときにチンみずからが言ったともされて、結局、言説とそれを発した主をみんなで鵺《ぬえ》にしてしまい、鵺に食いちらかせて責任をあいまいにする伝統的手法こそ、チュウリョウナルワシラシンミンの血統なのではありますまいか。狂気のいくめぐりかの極度の狂気は、もはや正気に見えるのではありますまいか。グアルダ。グアルディ。わたしはあるいている。わたしは線路をあるいている。吐き気はない。便意もない。まだかならずしも焦ってはいない。不寝番詰所はむこうに見えているのに、なかなかちかづかない。なぜか、とわたしは問わない。不寝番詰所というのは、えてしてそういうものではないか。そう得心するのではなく、そのように問いを惛がりに融けながしていしまうのである。ものごとを詰めないことだ。いたずらにものごとをつき詰めることと、まったくものごとをつき詰めないこと。ふたつの対立的にみえる態度は、闇にしあれば、ほぼおなじことにもおもえる。あっ、地面が揺れた。またた。足もとが枕木とともにつきあげられた。かなり大きな縦揺れである。目眩がする。不寝番詰所のほうから壁沿いに宙に浮いた白い布のようなものがちかづいてくる。ひとだ。だれかがひとりでお化けのようにすべってくる。たぶん男だ。銃はもっていない。放射性セシウム吸着除去メッシュの白いマスクをつけている。こんばんは。いちおうあいさつすると、「おばんです…」とマスクのひとから声がかえってきた。「ポラノンありませんか?」。ダメモトで問うたら、あるいてきたほうをふりかえり、指さして「あっ、つですよ」と教えてくれるではないか。不寝番詰所の方向である。わたしはまちがえていなかったのだ。すこし安堵しながら、マスク男の顔を見つめて、このひとはひょっとしたら、聖カエルム病院の看護師、羽島さんではないか、とおもった。羽島さんふうの男はわかれぎわになにかひくくつぶやいた。はっきり聞きとれない。しかし「きょうこだづもいっと…」と言った気がする。きょうこだづもいっと。きょうこたちもいるよ、ということか。えっ、きょうこは死んでいないのだろうか。「だづ」とはどういうことだろう、だづとは。他の患者たちも、ということか。それとも、きょうことその子どもということか。問いかえす間もあたえず、羽島さんふうの男は闇に消えた。わたしはまたあるきはじめた。左手の壁がこれまでよりさらに高くなり、一切問答無役・言語不通とばかりにそばだっている。だから、わたしはあまり壁を見ない。見えないふりをする。右手に二階建ての建物があらわれた。壁の色がよくわからないが、いくつかの窓には鉄格子があり、なんだか聖カエルム病院に似ている。わたしはきょうこが窓ぎわにたって手をふっていないか、裸眼をけんめいに細め、眉間に皺をよせて闇を見とおそうとした。さらに、叔父がいないかさがした。見えない。外山節も聞こえない。建物はどうやらなにかの施設らしい。建物のよこにバンヤンジュがいくほんかニョキニョキと生えていて、無数の気根を闇に垂らしている。バンヤンジュの幹と建物のいくつかのコーナーには暗視機能つき監視カメラが設置されていて、線路側のわたしのうごきにレンズが自動的にフォーカスしている。燈火管制兼節電命令下で法的にゆるされる範囲内でわずかながらLED照明をしているところがぼんやりと見えた。二階の右端の部屋。ベランダにだれか女性がふたりしてたっていて、わたしにであろう、ゆったりと手をふっている。あなた、よろしかったら、よっていきなさいよ、てな調子である。彼女たちは叶姉妹だろうか。よく似ている気がする。叶姉妹のソックリさんかもしれない。しかし、わたしが叶姉妹あるいはそのソックリさんから手をふられるいわれは、おもえばないので、こちらからは手をふりかえすことはしない。ひとちがいかもしれないのだし。目がすこし慣れてきたようだ。施設の各部屋の窓辺かベランダにはみなこちらをむいてひとがたっているのであった。見おぼえのあるひともいれば、見おぼえのないひともいる。叶姉妹あるいはそのソックリさんの部屋のとなりの窓ぎわには、野田佳彦によく似た、顔の大きい、ずんぐりとした男がこちらにむかって親しそうに、どうじにどこかわざとらしく片手をあげている。わたしは首を右にねじってわき目をしながらも線路からはそれずにあるいている。プランラン。ポレポレ。どのような戦時、非常時、奈落にあっても、よしやそれがつかのまであれ、信じられぬほどなごやかな日常というものはあるものだ。さきの大戦を経験した先達たちはみなそう言っていた、そのようにおもいなせば、線路右がわの施設の風景はさほどには異様ではない。顔の大きい、ずんぐりとした男の部屋のとなりの部屋には由利徹にそっくりのひとがたっていた。満面の笑みだ。バナナを一本にぎった右手をゆらゆらふっている。でも、やはり目の奥は笑ってはいないようだ。昔からそうだった。顔は笑っているけれども、目の奥が昏い。なにか胡乱である。そこがいいのだ。『カックン超特急』という新東宝の映画を見たことがある。こちらが子どもすぎたからか、なにもおもしろくなかった。『カックン超特急』は、おもしろくなくったっていいのだ。笑おうと笑うまいと、世界はいまもカックン超特急なのである。いつのまにかわたしは読唇術ができるようになっている。由利徹にそっくりのひとがバナナをふりながらなにか言っている。オ・シャ・マン・べ、だ。まちがいない。オシャマンベ！　施設の部屋には、石原慎太郎のソックリさんも背広に、どんな意図があるのかないのか、白い腕章を巻き、軍隊式に挙手の敬礼をして、まことに傲然とたっていた。しきりにまばたきをしている。その挙措はあまりにも予想どおりであり、わたしは一瞥でうんざりしてしまった。おお、白衣に聴診器姿のケーシー高峰のソックリさんも窓ぎわにたち「そりゃないぜセニョリータ」をうたっているではないか。白木みのるのソックリさんもいた。白木みのるのソックリさんの下の部屋には、陰気でいじけた顔の仙谷由人のソックリさんが、口から闇に腐ったイカ墨のような液を吐いている。このあたりには政治という劣情のドゥブロイ波が飛びかっており、闇がじゅぐじゅぐと糜爛《びらん》しているのも、むべなるかな。仙谷のとなりに、ほらほら、白のパウダータイプ(パール粉末配合か)のアイシャドウをこってりと塗りこんだ千葉景子のソックリさんが、なぜか懐中電灯をあごの下から照らしてのお目見えである。手をふってなにか大声をあげている田原総一朗のソックリさんも、おのれの声と顔に自己陶酔しているがごとき姜尚中《カンサンジュン》のソックリさんもいる。テレビ仕様の正義ちゃん。グアルダ。グアルディ。そのまたとなりのスイートルームには、そろいの紅の振り袖、着物にあわせて、朱赤の塗りに金でえがいた乱菊の木履《ぽっくり》をはいた、こまどり姉妹のソックリさんが窓ぎわにたって、にぎやかに「ソーラン渡り鳥」をうたっている。やーれんそーらんそーらんそーらん。アイゴ。それら右がわの景色を横目にしながらわたしはあるいている。伴淳三郎のソックリさんもいた。アジャパー。アジャパーとはかつて、おどろきと失望と当惑と諧謔を同時にしめす、ある種のオノマトペで、「アジャジャーにしてパーでございます」がもともとの台詞であった。ニッポンは文字どおりカックンでアジャパーであったし、いまも安全安心とコンプライアンス＆ＰＣ相互監視のなかで、カックンでアジャパーなどでありつづけさせていただいている。あれら右がわの景色は、見たところ、アルルカンのように不統一で乱雑で派手で、たがいに異質でありながらも、しかし、滑稽で無意味で空疎でグロテスクなことにおいて、あいつうじる基調があるようにもおもわれる。乱雑で散漫なものに、あいつうじるそれなりの基調があるようにおもうのは、と、あるきながらわたしはかんがえる。わたしの(このばあい、人間の、と普遍化すべきではない)精神の能力のような面であるとともに、たんなる妄想か病的嗜癖にすぎないのではないか。あのように施設に収容された、まったく不統一のかれら彼女らを、接続詞や繋辞《コプラ》でつなぎ、親和性と同一性などという幻想をもって、むりやりかんけいづけ、類化し「項」をつくること。「項」をこしらえ、保守とか革新とか、右とか左とか、善人とか悪人とかの系をえがき、ごういんに整合させ、それらの「項」から、さらにそれらの「項」以上の新たなものを発見した気になって、喋々とありもしない世界像をかたるのも、知的というより衒学的病癖にすぎないのではありますまいか。じっさい、わたしおよびわたしたちは、第二次大戦後、いっかんして世界像の形成に失敗し、たちなおれないほど挫折をくりかえしてきたのに、いままた懲りずに、整合化のあたわない諸断片を、しいてかんけいづけ、まるで「セカイ」なる全体があるかのような幻想をまきちらしている。叶姉妹のソックリさんと、ここまでくると哀れなほど貧相でただ傲慢なだけの石原慎太郎のソックリさん。亡霊そのものの仙谷由人や死刑執行を命じた元サヨク千葉景子のソックリさんとこまどり姉妹のソックリさん。etまたはand。日常とはグロテスクなちゃんこ鍋である。ああ、闇汁《やみじる》のようなファシズムよ。由利徹のソックリさんと野田佳彦をまねる男。カックン超特急と無芸な税金泥棒。ほう、やっぱり麻生太郎のソックリさんも、ボルサリーノの中折れハット、襟もとにファーのついたずいぶん高価そうな黒いロングコート、青いカシミヤのマフラー姿で登場だ。たぶん吉田茂の真似でもしたがっているのであろうけれども、これではエテ公が帽子かぶって服着たみたいじゃないか。麻生太郎のソックリさん、言いちがえなのか、わたしの聞きちがいか、例のだみ声でしきりに「いやさかえ！　ほれ、いやさかえ、ほれ、いやさかえ！」とさけんでいる。ああ、選挙に負けた野田のソックリさんがまたなにか言っている。唇のうごきだけで翻訳すると、おおよそつぎのようになる。誤訳があるかもしれないが。「国民メセンでぜったいに、ぜーったいに、みなさんを、お尻から、がんがんファックさせていただく、そのおもたい、お約束をさせていただくために、このシセツにこさせていただいたんです。みなさん、そのタチイチが、このドタヌキのどでかい、そしてとーってもおもたい、キンタマとですね、タチイチンポをもたせていただいたことがだいじなんです」。アジャパー。アイゴ。ああ、グアルダ。グアルディ。施設はシセツと言われ、安全安心とコンプライアンスにしたがい、最後的にSHISETSUになっていった。わたしたちの人権は戦時下でもそうしてなんとかたもたれていくのである。SHISETSUにはこのほか、わたしが裸眼でなんとか視認したかぎりだが、どう見たってドラキュラ伯爵の顔をしたマーガレット・ヒルダ・サッチャー女男爵のソックリさん、江沢民《ジァンズーミン》、「めちゃくちゃでごじゃりまするがな」の花菱アチャコ、力道山、イグアナのように顔がしわくちゃで入れ歯ふがふがのチェット・ベイカー、東電から贈られた花束を手にした吉本隆明、ミヤコ蝶々、闇にもひきたつ好男子ジュリアン・ポール・アサンジ、野坂参三、軍服姿の佐藤春夫(「ペン部隊」役員当時か)、ウラジーミル・ウラジーミロヴィチ・プーチン、徳田球一、ビートたけし、若き日の伊藤律、キーキーこうるさい古舘伊知郎、めっちゃダンディなジャイアント馬場、フィギュアスケートの真央ちゃんたちの各そっくりさん、いでたちがなんだか月並みにもかんじられる、ハーケンクロイツの腕章の安倍晋三のソックリさん(にしてもなんたる凶相!)、卓球の愛ちゃん、頭にビニール袋をかぶせられた、しかしひとつとして銃創のないウサーマ・ビン・ムハンマド・ビン・アワド・ビン・ラーディン、なんだかきらいになれない田代まさしの各ソックリさん。つづく。わたしはあるいている。つづきます。横山ノック、麻原彰晃こと松本智津夫、バラク・オバマ(ノッチかもしれない)、笠置シヅ子、デブのヒラリー・クリントン、とってもかわいらしいのりピーの各ソックリさん。ここでおもいきりランクが落ちて、まるで安っぽいオマケだが、たぶん米国大使館への配慮なのであろう、大越健介のソックリさんが新駐日米国大使のソックリさんにピョンピョン下からいっしょうけんめいとびついて、キスしてもらおうとしている。そのまたオマケの橋下徹のソックリさん…ああきりがない、じぶんがなさけない、言えば言うほど舌が腐る…たちが、みんなSHISETSUから線路側すなわち巨大な壁にむかってたっているのであった。あえて申しあげるまでもなく、わたしはかれら個々人と個々の表象に、なにがしかの習慣的な好悪の感情や懐旧の念がないわけではないけれども、それは涙や賛嘆や嘔吐や罵倒をさそうほど、そうまでつよいものではまったくない。ソックリさんは所詮ソックリさんである。どうでもよい。そして、とてもじゃないがつきあいきれない、どうでもよい――と、軽侮と苦笑のうちにすべてを棄てておかせ、ついにはあきらめさせてしまうのが、ハイパーインダストリアルな闇汁ファシズムの手口なき手口であることもわたしは先刻承知している。闇汁ファシズムにはなんでもある。反原発、反公害、反女性差別、口先の反ファシズムだって闇汁ファシズムの立派な一員だ。闇汁ファシズムはだからいつまでも死なない。闇汁ファシズムは永久不滅である。いやさかいやさか花は咲く。闇汁ファシズムにあっては、たとえ一分一秒たりとも、ひとを腐らせない時間はない。どこまでもどこまでも、いつまでもいつまでも。腐敗があまりにも満遍ないものだから、まるで腐ってなどいないかのように、腐らせていく。闇汁ファシズムはうたぐることをけっして禁じはしない。ただ、懐疑しつづけることが結局はひとを疲れさせるだけなのだ、とていねいにていねいに、くりかえしくりかえし、とくとわかるまでおしえてくれる。目のまえのものを「偽りだ！」とさけぶ、ひとにのこされた最期の尊厳を手もなく骨抜きにしてしまう。なんのことはない、わたしたちは税金をはらってボルサリーノの帽子を得意げにかぶってアホなことをだみ声でしゃべくるエテ公や老若の卑しい道化どもを飼ってやっているのだ。一義的責任はこちら飼い主がわにあるのは言うをまたない。エテ公や卑しい道化たちを飼うだけ飼って、飽食させ、なにもしつけなかったから、見てみろ、このざまだ。主と奴《つぶね》、主従が逆転して、いまやこちらが飼われているじゃないか。主人の目の前で葉巻をプカプカすう老けザル。ボケザル。下痢ばかりしている戦争狂の道化。軍事オタクの同輩。テレビからひりだされてきた大阪のあんちゃん。あんちゃんに土下座してあやまる自称進歩的新聞社。どこまでも図にのるあんちゃん。道化どもをもちあげるマスゴミ。模範的国民意識形成機関ＮＨＫ。いいね！　サムアップ。拡散希望！　歓呼の声をあげる貧しきひとびと。携帯をだきしめる貧しきひとびと。いきわたる貧困ビジネス。スマホ。スアホ。ドアホ。闇汁ファシズムは骨がらみひとをだめにする。闇汁ファシズムにとくていの領野はない。なんでも融かすのだ。石でも良心でも憎悪でも「不幸な意識」でも共産党でも、なんでも。だれをも不感症にしてしまう。税金と受信料と新聞代、携帯料金をはらってファシズムを買っている、われら貧しきひとびと。虐げられしひとびと。いいね！　サムアップ。拡散希望！　わたしはあるいている。風にのってどこからか、しずやかな歌声が聞こえてくる。これは演歌ではないか。わたしは耳を澄ましてあるいている。これはコロッケのふざけた声ではない、本物のちあきなおみの哀しい声だ。声が闇にとろけていく。ちあきなおみ本人の姿はない。「…こんなにはやく時はすぎるのか…紅い花、暗闇のなか…踏みにじられて流れた…紅い花…」。こんなにもはやくときはめぐるのか。青い花よ。きょうこ。わたしはあるいている。わたしは線路をあるいている。

わたしはあるいている。わたしにはとくに葛藤がない。むかついていない。ただあるいているだけである。わたしはなにも怒ってはいない。便意はない。尿意もない。しかしながら、全体化もしくは系列化するのがとうてい無理と知りながら、わたしはSHISETSUの各人の、ひょっとしたらあるかもしれない、いや、なにもないかもしれないところの関係性と非関係性、各人間の交通のありようとまったき断絶について、ついついかんがえてしまう。beあるいは是《シー》あるいはêtreについて。花菱アチャコはしかし吉本隆明ではない。めちゃくちゃでごじゃりまするがな。力道山はヒラリー・クリントンにいかなるかたちにせよ与《くみ》しえないし、たがいに交通しない。SHISETSUには、とすれば、etもestもないとかんがえるのが自然である。すこし喉がかわいた。きょうこに会いたい。ポラノンがほしい。一錠でいいからポラノンがほしい。SHISETSUはもう視界から消えている。また枕木の犬釘をふんでしまった。そのとき、ハッとひらめいた。SHISETSUはおそらく蠟人形館なのだ。江沢民のソックリさんを見たとき、ちらりとそうかんじたのだが、生きた人間と蠟人形は、とくに江沢民やサッチャー、こまどり姉妹タイプになると、見わけがたいのだ。さっきはなにかおぞましくおもわれて言うのをためらったのだが、SHISETSUには、とくにベランダのフェンスのうえに、ソックリさんでも蠟人形でもない、本物の生首がならんでいた。怖いながらもわたしは生首の顔を見さだめようとしてはみたのだ。夜陰にひらめく勘がなかったわけではない。あ、あなたは、とはっとして胸を衝かれたりもした。そのひとりの生首は、いっしゅん、伊藤野枝かとおもい、眼をこらしたのだが、つぎのしゅんかんには、首は鋳《い》つぶした黒い影になっていた。また、わたしが小林多喜二の生首ではないかと早とちりした首の影は、どういうわけか、ベランダをはなれ、バンヤンジュの樹間やSHISETSUの屋根のあたりをゆらゆらと浮かんでただよっているのであった。樹間には平沢貞通かとおもわれる影も見えかくれしていた。生首たちの大半は、しかし、よく知られた歴史的人物のそれではなく、まったくの無名者の影であった。刷りに失敗した凹版画像のようなあいまいな影の生首たち。それらがベランダにあり、宙にもただよい、気根にぶらさがってもいた。ステルス戦闘機「殲－35」がまた上空を音もなくすべっていく。無人戦闘攻撃機(UCAV)「暗剣《アンジエン》Ⅶ」はもう十回以上きている。AGM-130Eヘルファイア・ミサイル四基を搭載した最新の無人偵察攻撃機MQ-XX Predator(プレデター)は、「暗剣」よりさらに上空を旋回中である。SHISETSUの映像はとっくにくまなく撮られているはずだ。あれらのソックリさんまたは蠟人形たちの配列とタチイチは、日本がわの意図をはぐらかすための、苦肉の策なのであろう。いたずらに敵を刺激してはならない。そのとおりだ。どのみち勝てっこないのだから。石原慎太郎のソックリさん、またはかれの蠟人形をことさらにバカっぽく見せているのは、わたしどもは石原慎太郎にかならずしも同調するものではないということを敵国にさりげなくアピールするための、よくいえば、いかにもニッポン的な深謀遠慮なのだろうか。それならば、ケーシー高峰のソックリさんないし蠟人形にはどのような意図がかくされているのだろうか。あのタチイチは敵にどのような印象をあたえるとふんでいるのだろう。わたしはいま喉のかわきをおぼえながら線路をあるいている。おもえば、わたしらはどうせみなソックリさんにすぎないのではないか。わたしはわたしで、だれかのソックリさんだ。つまり、わたしはだれでもない。ポレポレ。ポラノンがほしい。きょうこに会いたい。善でもあり悪でもあり、善でもなく悪でもない、愛と奇蹟の漣《さざなみ》。スカンポ。きょうこ。いまふたたびのアナルからワギナへ。いまいちどワギナからアナルへ。アナルからワギナへ。ナルア、ギナワ……。善でもあり悪でもあり善でもなく悪でもない、ただの榾《ほた》のおれたち。それが、きょうこよ、榾の愛だ。きょうこに会いたい。子どもがいたら、たとえ舎監のでもかまわない、子どもごとひきとる。もう性交しなくたっていいよ。カナル、ナル、null、青のナル。おれたちはただの梢だ。粗朶だ。ひとの精神の基層にはひとつの例外もなく「青い錯乱」がある。それだけ、ただそれだけが、ひとというものの共通点だ。正気はときに存在し、かつ、ぜったいに存在しない。そうおしえてくれたのも叔父であった。あのころにはよくわからなかった。いま、年とともにやっとわかるようになった。ひとのこころの底にはひとつの例外もなく「青い錯乱」の海がある。正気と狂気に境目はない。それらは裏も表もありゃしないリバーシブルである。ヒロポンがあってもなくてもだ。わたしは線路をあるいている。あるきながら、叔父のもの言いをまねてみる。ミナタガッテンノッシャ。しゅうちゃん、みんなた、が、っ、てんのっしゃ。みんな、みんな狂っているんだよ。叔父に会いたい。きょうこに会いたい。地面がまた揺れた。わたしはあるいている。線路をとぼとぼあるいている。「殲－35」よりだいぶ低空を丙戦(夜間戦闘機)「月光」(J1N1-S)が一機、バリバリ音をたてて飛んでいく。兵士がポラノンを飲んだからではあるまい。またヒロポンを打たれたのか。「月光」機が、「殲－35」や「暗剣」やプレデターにたちむかう気らしい。叔父は創作劇「暗視ホルモンの夜」ではかくしていたのだ。「極光」なんて夜間戦闘機はなかった。じっさいにあったのは「月光」だ。月光仮面の月光。夜間戦闘機「月光」はじっさいにあった。「暗視ホルモン」とは、ドイツから輸入したものではなく、日本製のれっきとした、ただのヒロポン、シャブであった。「突撃錠」「はっきり薬」なんて呼んだりもした。ヒロポンは大日本製薬から堂々と発売されていたのだ。たまたま生きのこった夜間戦闘機の将兵らは戦後、叔父の劇のような神経衰弱になやんだのではなく、じつのところ、ヒロポン中毒にくるしんだのだった。傘などとがったものや手や鼻がじぶんの眼に飛びこんでくる、まるで3Dのような異常感覚、フラッシュバック、微熱と目眩、食欲減退。歴史とはまことに荒唐無稽の実現、荒誕怪奇の実践の謂いである。軍部が戦闘を意欲的に遂行させるためにヒロポンを利用した事実はすでに判明している。いくつもの証言がある。軍部当局はまっ赤なうそをついて、天皇陛下のため、皇国・皇土防衛のためと称して、「暗視ホルモン」などといつわり一部将兵たちにヒロポンをうちつづけた。しかもだ、東京大空襲で首都がかんぜんに焦土と化し、戦艦大和が撃沈され、沖縄戦にもやぶれ、大敗戦がうごかしがたい段階になってもなお夜間戦闘機隊員に「暗視ホルモン」だの「突撃錠」だのとしてヒロポンをうち、シャブうっていただき、戦闘機に搭乗、出撃させていた、出撃をさせていただいていた。それから原爆落とされた。二発も落としていただいた。ほいで、ピカドンから一年もたたないうちに、あってま！　「ミス原爆」(米側呼称。日本側呼称は「ミス長崎」)コンテストやらかしたとね。みんなして「マッカーサーさん万歳！」てさけんだとね。アジアでいっぱいいっぱいいっぱいいっぱいいっぱい殺し、ぎょうさんぎょうさんぎょうさん殺させていただき、ニッポンもひとがいっぱいいっぱい殺された。沖縄をみすてた。沖縄《ウチナン》人《チュー》を殺し、手榴弾をわたして自決を強制した。神国ニッポンは国体護持のために、ただそれだけのために、上から下までくだけちり、こころにずっこんずっこんオカマをほられ、すっかり虚脱した。いっぽう、畏《かしこ》きあたりも、忠良なるナンジ臣民とともに、すっかり虚脱し、あげく、皇室御用達の極上ヒロポンをやってた、シャブやってました、木登りしてました、なんて話は、じぶん、寡聞にしてぞんじあげませぬ。すべらぎ、すめらぎ、すめろぎ、すめらみこと、すめみまのみこと、すめらめらめら、はめまらら。そりゃないぜ、セニョール。叔父はそれとなく言いたかったのかもしれない。そりゃないぜ、セニョール、と。アジャパー。そうにちがいない。御平常ト御變リナク、聖上、萬機ヲ御親裁ス、でっか。ありえへんやろ。ほんま、めちゃくちゃでごじゃりまするがな。もとい。起立。礼。天皇陛下の赤子《せきし》たちは、カックン超特急にみんなで乗らせていただき、爾臣民《なんじ》、其れ克《よ》く朕が意を体せよ、と朕さんがおっしゃるものだから、コクタイをゴジさせていただき、さんざがんばってはたらいて学校でガリ勉し、シャブばんばんうって労働もセックスもしまくり、戦中そろいもそろってあっさり思想転向したはずの共産党員も詩人も作家も記者も編集者も、戦後は口をぬぐって、民主主義万々歳やて。見あげたもんだよ屋根屋のフンドシ。そのていどのミンシュシュギやってん。朝鮮戦争にろくに反対もせず、戦争特需で大もうけし、戦争の苦しみをわすれ、浮かれ、かつ虚脱し、いちじは三百万人以上の潜在ヒロポン常用者がいたこと、すさまじい苦しみにのたうちまわっていたこと、一九五三年の医薬品総生産高は約七百五十六億円だったけれども、ヒロポンなど覚醒剤の売り上げは同年、一説に二百数十億円だったこと、ヒロポン生産に抗議した製薬会社のまじめな労働者たちが生産妨害者として解雇されたこと、理のとうぜん、精神科病院が超満員だったことを、セニョール、セニョーラ、ご存知ないのでありましょうか。と、叔父はあの芝居で表現したかったのではないだろう、とわたしはおもう。叔父はだれかを告発したかったのではないはずだ。叔父はそんなひとではない。麻薬撲滅をうったえたかったのでもなかろう。わたしはあえぎながらあるく。昏いカナルをあるく。もう、夜なのに…。きょうこのカナル、アナル、ナアル、エイナル、null…。狂気とはなにか。正気とはなにか。叔父は狂気というものの内的恒常性、正気の本質的虚妄をかんがえていたのではないだろうか。精神の下地には正気ではなく、狂気の海原がある。津波のような狂気の海原——それがこころの内層である。溺死体。「崩れ落ちた鼻の穴が太陽に向っていびきをかく」のだ。狂気は凪ぐとまるで正気に見えてしまう。ヒロポン以前の狂気と正気。叔父はだれも告発しなかった。三重吉さんも、本橋先生も、きょうこも、ブタと性交した男も、だれひとり告発しなかった。だれのせいにもしなかった。だれのせいでもない。わたしはよろよろあるいている。右手の宙に巨大な輪が見えてきた。あれはなんだろう。線路をはさむ左がわの壁よりもさらに高い右手の闇の空に、ひとつの輪が、闇を穿《うが》つ巨きな輪が、縦にぽかりと浮かんでいる。たちどまらずに、あるきながら見あげる。輪は円周のところどころに、じつに乏しいながらも、なにか昔の村祭りの電飾のような灯りをほどこしているようだ。ヤナギの綿毛だろうか、無数の白い繊毛が灯りに浮かびだされて、輪のまわりを舞っている。しかし、宙に輪を浮かばせているはずの支柱は昏いので見えない。わたしは下から目をこらす。やっ、輪がうごいている。ほんのすこしだがうごいている。廻っている。時計と逆に、そろそろとうごいている。なにも見えないが、なにかが見える。あれはきっと「死の観覧車」というやつなのだ。観覧車の輪は線路上にかぶさるほど巨きく、壁にゴリゴリと接触しそうなほど闇にせりだしてきている。静止しているかと見まちがえてしまうが、輪はゆっくりと廻っている。あれらの電飾は闇にこもり、めぐり廻る刻《とき》の目盛りなのだろうか。しかし、あの速度では一回転するのに一年もかかるのではないだろうか。たくさんのゴンドラが闇に吊り下がり、ゆらゆらと揺れている。ひとつのゴンドラにひとりの死者が石のようにじっと座って、なにごとも言葉をあたえられず、ただ闇を廻っている。すべてのゴンドラにすべての死者が乗り、こんなにも深い闇に閉ざされて、闇から闇にもどり、闇に闇を接ぐためだけに廻っている。父もいる。母もいる。妻もいる。子どもたちもいる。祖父もいる。祖父の妾もいる。妾の孫(わたし)もいる。というか、わたしらしき影。篤郎がいる。篤郎の妻もいる。三重吉さんがいる。麻吉さんがいる。本橋先生がいる。雪夫叔父がいる。ドバトを性器に入れる女がいる。舎監がいる。きょうこがいる。青い花も、いっしょに輪になって闇夜を廻っている。みんながゆっくりと廻っている。わたしはたしかめない。なにもたしかめない。たしかめられない。輪になにか詫びたいきもちはある。たちどまり「死の観覧車」に黙礼しようとおもい、しかし、ただふとおもうだけで、わたしはたちどまらず黙って輪を見あげ、輪の下をくぐる。ふりむくと、輪は、闇夜一面に咲く巨大な青い花になっている。わたしはあるいている。線路をよろけよろけあるいている。わたしはあるいている。わたしにはいま、すこしばかり悪意がある。やや感情的になっている。ことわに顔からはなれえない、肉づきの面の、善良そうな笑顔たち。おれの顔。おまえたちの顔。べりべりと肉づきの面を皮膚ごと剝げ。裸形をはっきりさせろ。市民てなんだ？ そんなものがあるのか。わたしは市民ではない。きょうこも市民ではなかったし、ずっと市民ではない。シミン？ 笑かさんといてください。民衆ってなんだ？ そんなものありはしない。ひとはただの悍だ。ひとりひとり一本一本の悍人《ほだびと》だ。カンパなんかしない。だれがするものか。祖国防衛戦争義援金だと。冗談とフンドシはまたにしてくれ。だれが送金などするものか。署名なんかしない。でも、駅頭にひとりでたってギョクオンまたはタマオト演説ならやってやらんでない。かめへん。いくらでも言うたる。チンチンノケンケンケンオカザルトコロ。舌のひと跳ね。舌根の充血。チンカスノケンケンオカザルトコロ。おれをなぐるならなぐれ。そや、わいはニセニッポンジンだ。ニセ朝鮮人だ。ニセ中国人だ。ニセ東北人だ。ニセ関西人や。根っからのニセニッポンジンだよ。なにがわるい。おまえはなにじんだ。Which country do you belong? 你是哪国人《ニーシナークオレン》？　おまえはなにじんのニセだ？　ポラノンをくれ。一錠でいい。たった一錠でええ。たのむ。ポラノンくれたら、ニッポンチャチャチャッてさけびますさかい。踊りますさかい。ＰＣしっかりまもります。もっともらしくまもります。「肌色」あかん言わはるんやったら「ペールオレンジ」てすぐに言いかえます。はい、すんません。「イザリウオ」のうて「カエルアンコウ」どした。「明日は咲く」かて「花は咲く」かてうたいますけん。テレビでてうたえ言わはるんやったらテレビださしていただいて、みんなとなかよう肩くんで涙ながしてうたわせていただきまっせ。えげつない替え歌にせんと、じぶん、根性いれてうたわさしていただきます。なんならキミガヨかてうたいまっせ。はいはい、びしっと起立します。直立不動なります。口パクやのうて、ちゃんとうたいます。選挙いきます。棄権しません。受信料はらいます。半年分一括でおしはらいさせていただきます。タトゥー消します。規範意識もちます。デモに行けというなら、デモ行かせていただきます。反原発デモでも尖閣、竹島守れデモでも、なんでも行かせていただきます。あっ、もう手遅れでっかあ。釣魚島《ディアオユイタオ》守れでしたか。すんまへんな！　デモ行かんほうがやっぱしええんやったら、ほな、行きまへん。せやからポラノンください。一錠でええんどす。後生どす。しろて言わはるんやったら、おフェラかてさしていただきます。白い絵の具を食べるのももうやめますさかい、どうかポラノンくださいませ。わたしはあえぎあえぎあるいている。線路をあるいている。脚がもつれる。舌ももつれる。プ、プ、プネウマ。マルマルモリモリ。ああ、きょうこに会いたい。わたしはやりなおす。やりなおしたい。子どももひきとって、小さな家に住もう。もうホイドなんかさせない。海辺はいけない。津波のとどかない丘のうえに住もう。きょうこ、外山節はうたいたいときだけうたえばいい。うたいたくないときにうたうのはよくない。うたいたくない歌をうたうのはつらい。きょうこ、もう正気のふりもたがったふりもしなくていい。胸にうかぶ絵をそのまま、もし声にしたければすればいい。きょうこ、からだのよくない犬を飼おう。毛に艶のない、悟い目の、死にそうな犬を飼おう。梢犬《ほだいぬ》を飼おう。汚いネコでもいい。目のただれた、ボサボサの毛のやせネコ。梢ネコ。だいじに育てよう。テレビはいらない。こんりんざいいらない。複製としてのみ存在し、実体をもたない記号とシンボルのすべてを、ひとつひとつ、こころからしめだす。黒雲と雨。ケイトウときょうこのうすい耳。風とユスラウメの実。それらをこの目でじかに見るか、そっと触るかする。顔でうける雨滴。きょうこの耳を透かす淡い肉色の光。耳ごしに透かし見る青いコスモス、紅いケイトウ。どこかで蓄音機と古いレコード盤を買おう。ノイズがあったっていい。針がレコードの音溝を擦ってながす音。あれが音だ。ボリュームをうんとさげてナット・キング・コールを聴こう。朝から「ランブリング・ローズ」をかけような。病院でヨード剤をもらおう。イソジンのうがい液で子どもに毎日うがいをさせよう。パソコンもなしだ。携帯なんかもってのほか。ぜったいにいらない。糸電話でじゅうぶんだ。新聞もいらない。あれらこそ正気のふりをした緩慢な狂気、愚昧の強制だ。車もいらない。選挙にもいかない。税金はなるべくおさめないようにしよう。町内会にもはいらない。自治会にもはいらない。防犯協会にもはいらない。自警団にもはいらない。非難されても、怒らないことだ。小さな声で、すみません、すみません、すまなんだ、ゆるしてくださいませ、とあやまる。低く生きる。この身、低くあれ。こころをいちまい、いちまい、ゆっくりうちがわにたぐりこむようにして、しずかにくらす。きょうこを守る。もうそとに打ってでたりしない。反抗はおおげさであればあるほど芝居めいてうそくさい。うすっぺらい希望より、どこまでも深い断念がいい。錯乱の海から生じた藻屑を黙っていとおしむ。流木と榾と粗朶のひとつひとつに、だれも知らない名前をつけて、手のひらでさすりながら、もしも生きることができるならば、死ぬまでそっと生きる。うちがわに、うちがわに。灰のまつわる骨になる。土のまつわる榾になる。うちがわに、うちがわに、低く、低く。小さな廃船の、船底の錆びた沈黙のように。うちがわに、うちがわに、低く、低く、しずかに、まるで死のように生きる。青いコスモスを生ける。きょうこのくぼみに青いコスモスをかざる。青のにじみに、じぶんの水脈をさぐる。ポラノンがなくても、いらつかないようにする。きょうこ、おれはできたらポラノンをやめるよ、できたら。もう一錠だけで、きっぱり終わりにする。終わりにしたい。多幸感なんかなくていい。本橋先生みたいに無口になる。松本三重吉さんみたいに。あきらめた目でじっとやさしく見ているだけにする。約束する。反社会性人格障害といわれたってすこしも気にしない。おれは反社会の榾となる。榾として突き刺さる。おれは夜、きょうこの背中をさする。きょうこのつむじ、右巻きのつむじをじっと見つめる。髪を梳いてやる。一晩中でもそうする。だれにもじゃまさせない。誓う。じゃまをする者は殺す。壁に埋める。これからはもう明日がなくなる、明日は。かくじつになくなる。「はじまりがなされんがために、人間はつくられた」。そう言ったのはだれだ。はじまりとはなんだ？　なんのはじまりだ？　終わりを終わらんがために、わたしはあるいている。これからは「いま」だけになる、たった「いま」だけに。わたしはふらふらとあるいている。

わたしはあるいている。ポラノンがほしい。ああ、線路にたおれるかもしれない。砂利を嚙むかもしれない。きょうこ、約束するよ。わたしたちの裸足の子どもの足を洗ってやる。指の股もきれいにお湯で洗ってあげる。きょうこのおしめをかえてあげる。ひざまずいて、なんかいでもなんかいでも。ラジオもいらない。たやすく言葉を消費するのもやめる。巨きい言葉はだめだ。巨きい言葉は巨きい洞《うろ》だ。おしゃべりはだめだ。もう気のきいたことなど言おうとするまい。言葉はもうだめだ。言葉はもうつうじない。とどかない。みんなつうじているふりをしているだけなのだ。言葉にしようとして、ついに言葉にならないものにしか、いまかたられるべき真実はない。もう、夜なのに…。それだけでいい。もう、夜なのに…、と、こんど言われたら、んだね、そやね、そうだね、とあいづちをうとう。じじつそうなのだ。世界はもう、夜なのに…、なのだ。本もあんまりなくていい。ただ、もしフセーヴォロド・ミハイロヴィチ・ガルシンの本があったら読もう。最後の塩をなめるようにして。そこに最後の言葉があるかもしれない。ヴァルラーム・チホノヴィチ・シャラーモフの本でもいい。ああ、パルレシア！　そのほんとうの意味と在りか、そのほんとうの無意味と非在をおもってみる。パルレシア！　世界の最後の塩をなめるように。すこしずつすこしずつ読みなおそう。きょうこと子どもにぼそぼそと読んであげる。もうとてもまにあわないだろうけれど、ロシア語をならってもいい。「赤い花」をロシア語でゆっくりゆっくり読みなおそう。海の見えるちいさな庭に、青いコスモスを植えよう。聖カエルム病院の、あのうすく青いコスモスを移植する。その庭で、青い花とともに、かわたれ星を見よう。あけの明星を。そうだ、ヤグルマギクもほしいな。わたしはあるいている。ズンズンズンズン。ズンズンズンズン。地面がまたぐらぐら揺れた。爆撃か地震だ。どちらかわからない。どちらでもいい。わたしは揺られながら線路をあるいている。レールがウナギのようにのたくっている。喉がからからだ。水はいらない。ポラノンがほしい。ゆであげたように赤いアメリカザリガニの群れが、数百匹、いや数千匹も、ザワザワとなにかつぶやきながら線路をわたっていく。赤い帯だ。前方右がわから、みなはさみをたててレールをのりこえ、ひだりがわの壁へとむかい、しだいに壁にすいこまれていく。ザワザワザワザワ。子どものころ、あいつらをゆでて食ったことがある。まっ赤ななかに一匹だけまっ青なのがいて、それは食わないで捨てた。そのザリガニはサバを食ったためにからだが青く変色したのだ、と友だちがおしえてくれた。そんなことはどうでもいい。たのむ、ポラノンをくれ。ポラノンがほしい。胸に見えない気根が何重にもまきついて息苦しい。ああ、ひどい、壁が燃えているじゃないか。火事だ。火事だ。壁が内側から真っ赤になって燃えている。でも、すこしも熱くはない。あと十歩。あと五歩。不寝番詰所にやっとたどりついた。こ、こんばんは。こんばんは。お、おばんです。ど、どなたかいますか。どなたかおられますか。返事がない。ドアを開けると、二燭光の豆電球の下で、だるまストーブをだくようにして老人がひとり、うしろむきでこしかけていた。ひどい猫背だ。おねがいです、ポラノンをめぐんでください。一錠でいいです。いや、半錠でもいいですから。なんでもやります。じぶん、なんでもやらせていただきますから。老人の不寝番がやっと口をきいた。うしろむきのまま。「んめ(おまえ)、ここまで、しとりであるいできたのが?」。くぐもった変な声だ。わたしは反射的に答えていた。「んだ。んです！　すまねげんども、ポラノンけさい！」。不寝番がゆっくりとふりかえった。黒いゴムのガスマスクをつけていた。これは輸入物であろう。イスラエルの市民防衛用ガスマスクらしい。口は円筒形のフィルターにおおわれ、両眼の部分だけが透明プラスチックかなにかがはめられていて、オニヤンマの目のようであった。その目に見覚えがある気がするが、どうもよくわからない。不寝番は昆虫みたいなひしゃげた声で言った。すこしまてば汽車がくるというのに、この非常時にマスクもしないであるいてくるとはずいぶん物好きだな。ま、昔のよしみだから、ポラノン一錠だけならめぐんでやろう。という趣旨のことを、聖カエルム病院があったS市の土地の言葉で言うのだった。ほんとうにありがとうございます。ありがとうございます。なんでもあなたのお望みのことをさせていただきます。ありがとうございます。青いポラノン糖衣錠一錠をおしいただき、口にほうりこんで、わたしはペコペコと頭をさげた。ガスマスクの不寝番の正体が、だれだって正直かまいはしなかった。わたしはほんとうにこころから黒いガスマスクの不寝番に感謝していた。うそではなくこの老人のためになることをしたい、とおもった。お礼になにかあなたさまのためにはたらかせていただけませんか。わたしは卑屈に乞うた。ショウリョウバッタのようになんどもお辞儀した。打算がなにもなかったといえばうそになる。もう数錠、できれば数十錠ポラノンがほしかったのだから。不寝番がわたしの後頭部になにかおしつけるように、やはりひしゃげた声で言った。「んめ、はづおん、おがすいど。伯楽《ポールー》濃《ノン》とちゃんとはづおんすてみろ。でぎっが(できるか)? ただすぐ(正しく)はづおんもでぎねで、伯楽濃ほすがるっつのは、んめ、あんべ(あんばい)わるいべ」。そうだった、ポラノンは買収されて薬品名が伯楽濃になったのだった。わたしはあわてて「ポールーノン」と片仮名の発音で言ってみた。老人はぜんぜんだめだ、とつぶやき、ダース・ベイダーのように首を横にふった。「伯」のポー(ピンインではbo)や「楽」(le)のルー、「濃」(nong)のノンがただの日本語発音であり、なっていない、と言うのである。四声もまったくだめ。あいまい母音もなってない。おまえはなんのためにここにきたのだ、事前にすこしは学習してくるべきではないか、それが最低限の敬意というものだ、昔のように同文同種などとおもっているとしたら大まちがいだぞ、敬意が足りないから戦争になるんだ、どうせ勝てっこないのに…とひどく叱られた。わたしはすみません、どうかお願いですからゆるしてください、と詫びた。詰所の二燭光の灯りの下で、なんどもなんども伯楽濃の発音練習をさせられたが、なにしろ先生役の老人がガスマスクを装着したままである。音がくぐもって、bolenongとせいかくに聴きとることができないものだから、いくどやってもただしい発音などできやしない。黒いガスマスクの不寝番はけっきょく匙をなげて、「んめ、やっぱすだめだいちゃ。しゃね(しかたない)なあ、ずかんのむだだ。もういげ！」と言う。行けといわれても、どこに行けばいいのかわたしにはわからない。「どごさっしゃ(どこへですか)？」と泣き声になって問うと、不寝番がむくりとたちあがり、わたしを詰所のその、そびえたつ鉄とコンクリートの壁のきわにつれていき、黒くぶ厚い壁のどこかでしばらく暗証番号をおしている。すると壁ぜんたいに電子チャイムの「東方紅《トンファンホン》」の曲がおごそかにひびきわたるとともに、壁がふたつに割れてひらかれた。オリンピックスタジアムほど巨大な伯楽濃工場総合プラントがそこにあった。黒いガスマスクや放射性セシウム除去マスクを装着し、丈の長い白衣や青の防護服を着た十万人ものひとびとが、みなおしだまってはたらいているのだった。唖然として見ているわたしの背中に不寝番が、声をひそめて告げた。きょうこは生きているぞ。このなかにいる。娘といっしょにはたらいている、と。不寝番はやはりあの舎監なのであった。「きょうこの娘は、んめの娘だ。おいのでねど。きょうこだづば探すが？　んめ、ずぶんですた(じぶんでした)ろくたもねえ(ろくでもない)ごどの責任ば、ずぶんでちゃんとる気あんのが？　寮で、おいが(俺が)んめだづさ(おまえたちに)おせだ(おしえた)べ。けっぎょぐな、人生《ずんせい》っつのは、男は度胸、女は愛きょう、だ。んだべ？　ほんできょうこ探す気あんのが？　んめも、ごごではだらぐが？　それども、つぎの汽車でけっか(帰るか)？　はやぐ決めろ！　はやぐ」。迫られて、からだが漏斗状に口をひろげた闇にすいこまれる。渦巻く。吐き気と眩暈《げんうん》。めぐりめぐる吐き気と目眩。頭蓋内の昏《くら》い切りどおしを過去の風がひゅーひゅーと吹きぬけていく。ああ、青いイヌサフランもいち輪。アサガオもコスモスも。なにか寒い。なにか遠い。なにか疎《うと》い。とても疎い。青い花がいく輪もいく輪も切りどおしをくぐり、わたしのまわりを廻《まわ》っている。青い花に廻られて、蹠《あしうら》が地をはなれ、からだが宙にういていく。「きょうこ…」とさけぼうとしたが、声門がどうしてもひらかない。そのとき、何千人もの男女をのせたまっ黒の蒸気機関車が、目がつぶれるほどはげしい光をはなち、こちらにちかづいてきた。ズンズンズンズンズン。ズンズンズンズンズン。天地がぐらりぐらりと揺れた。闇をひき裂いて汽笛が鳴った。光が散乱した。わたしはよろけながら壁のなかに入った。

参考資料

本書執筆にあたり、左記の書籍、図録、書簡などを参考にさせていただきました。これらのなかには本文中に引用した文もあり、まったく引用はしていないものの、イメージを喚起され、創作上勇気づけられたものもあります。「励起」とは、もともと量子力学の「系」が外部からエネルギーをもらい、はじめより高いエネルギーをもつにいたることを意味するらしいのですが、左記の諸作品から励起されたことどもは、なにも本書の執筆にかぎらず、昨今のできごとをかんがえるうえでも、すくなくありませんでした。主な作品をここに列記(順不同)して著者、訳者、版元の皆様に感謝申しあげます。

黒鳥四朗著・渡辺洋二編『回想の横空夜戦隊――ある予備士官搭乗員のB-29邀撃記』(光人社)
聖書　新共同訳(日本聖書協会)
新約聖書　新約聖書翻訳委員会訳(岩波書店)
ジェイムズ・ジョイス著『ユリシーズ』Ⅰ、Ⅱ、Ⅲ巻　丸谷才一、永川玲二、高松雄一訳(集英社)
ホルヘ・ルイス・ボルヘス著『伝奇集』篠田一士訳(集英社　ラテンアメリカの文学Ⅰ)
ホルヘ・ルイス・ボルヘス著『砂の本』篠田一士訳(集英社文庫)
市村弘正著『[増補]小さなものの諸形態――精神史覚え書』(平凡社ライブラリー)
『折口信夫』(ちくま日本文学全集)
ウンベルト・エーコ著『歴史が後ずさりするとき――熱い戦争とメディア』リッカルド・アマデイ訳(岩波書店)
ウンベルト・エーコ編著『醜の歴史』川野美也子訳(東洋書林)
ウンベルト・エーコとジャン=クロード・カリエール『もうすぐ絶滅するという紙の書物について』工藤妙子訳(阪急コミュニケーションズ)
『世界戦争犯罪事典』秦郁彦、佐瀬昌盛、常石敬一監修(文藝春秋)
櫻本富雄著『空白と責任――戦時下の詩人たち』(未來社)

琴秉洞(クム・ビョンドン)著『日本人の朝鮮観――その光と影』(明石書店)
ジョン・ダワー著『(増補版)敗北を抱きしめて――第二次大戦後の日本人』上下巻　三浦陽一、高杉忠明、田代泰子訳(岩波書店)
『ウィンスロップ・コレクション――フォッグ美術館所蔵19世紀イギリス・フランス絵画』(東京新聞発行)
ジャン・ボードリヤール著『悪の知性』塚原史、久保昭博訳(NTT出版)
佐藤直樹著『どんづまりの時代の眠らない思想――エジンバラの不思議な記憶と現象学』(白順社)
ボリース・パステルナーク著『ドクトル・ジヴァゴ』工藤正廣訳(未知谷)

廃線の歌う詩

小池昌代

『青い花』には、うねるような身体性をもった言葉がつまっている。これらは一体、どこからやって来たのか。著者が書いたに違いないのだが、「わたし」と表記されたこの「わたし」には、著者のエゴを超えた感触がある。言葉の前提には沈黙があった。言葉はその沈黙を突き破って出てくるものだ。私はいつも、それが見たい。表現ということになると、いつも最後、痕跡(結果)として残った言葉が話題になるが、どんなふうにその言葉が出てきたか、どんなふうに沈黙を突き破って出てきたのか、その瞬間の痛点を感じたいと思う。辺見庸の言葉には、常にその痛みがあった。

そもそも言葉には、描く対象に蓋をして、息の根をとめてしまうような働きがあるが(定義とか解釈の権力性だ)、『青い花』で、著者は無意識のうちに、言葉の圧力を解き、言葉が生きたいよう手綱を離しているように見える。結果、矛盾したもの同士がぶつかり、火花を散らす。

次の引用は、叔父の創った芝居「暗視ホルモンの夜」を観ての「わたし」の印象だが、そっくりそのまま、本作の印象に重なる。

「はらわたが引きつれるようなおかしみ、とでも言えばよいのだろうか。ものすごい深刻さと滑稽、意味と無意味、誠実と愚昧、狂気と正気、それらのほどよい融けあい、それとしてすぐには判別不可能な不とどき。または戯《たわ》けの気配があった。……」

『青い花』は、峻烈なイメージが次々明滅する暗い言語の森だ。時折そこに、日本の、世界の、歴史の切断面が見え、人間の悪が、赤い舌のようにちらちらと翻る。狂える(あるいはそれを装う)「歩く男」の、覗けるはずのない一個の脳内世界が、ここにめくれあがって展がっている……そう言ってもいいのだが、不思議なことに私は読みながら、自分の記憶がまさぐられているような気持ちにもなった。同時に本書では、まったく新しい他者の経験を読むことにもなる。本書で初めて知った事柄は多い。例えば「暗視ホルモン」、例えば「瞬膜《しゅんまく》」。知って、絶望が深まることもあるが、知ることは闇のなかに光がさすこと。それを希望と呼んでもいいはずだ。本書には、歩き続ける「わたし」がいるが、前へ前へと進む行為自体、詩行を書き進める行為にも似て、わずかでも希望なしには成立しない。

「歩行」のリズムが、情念を誘い、思考を組み立て、作品内に集中した熱気を生んでいくが、さて、ここに流れている時間はというと、単純な一直線ではとても語れない。渦を巻き、過去から現在、未来へと吹き上がる、螺旋的・歴史的時間と言ってもいいものだ。

戦争があった。度重なる震災も。おびただしい死者の群れ。現在は非常事態のただなかにある。放射性物質が漏れ、線量が話題になり、自然は破壊され、「空にはいく千もの監視衛星と無人機が飛んでいる」。

だが季節は、どうやら「春」であるらしいこともわかる。「わたし」が、数日前に通りかかった沼で、カイツブリと浮巣(浮巣の近くには、うつぶせて浮かぶひとの黒い屍骸もあった)を見たこと。春なのに早くも夏羽にはえかわっていたというカイツブリに、「わたし」は生態系の狂いを感じている。著者はこのように、破壊された世界の残骸として、なおも惜しむように息づく自然を描写する。花鳥風月になびく感性を疑いながら、同時に自然の風物や生き物に、深く心を寄せていく。そこに生じるねじれや矛盾が、辺見庸その人の大きな魅力になっていると思う。

先へ進むと、アジアの大国に支配され、母国語を失いつつある現状が暗示されているようにも読める。しかし作品の世界は妙に静かだ。文章の底に、黒々とした無が横たわっていて、その上に生えた言葉が、読む者の体毛をそよがせる。実に肉感的な言葉の群れだ。ストーリーは破壊されているものの、なにもかもがカオスというわけではなく、作品の底にうごめく意志のようなものが感じられるのは、いくつかの要素が、針金のごとく一冊を貫いているからだろう。

柱にあるのは、先ほどから書いているところの歩く「わたし」だ。難民とも流浪者とも自称する「わたし」は、線路の上をひたすら歩く。電車が走っているわけではない。線路はもはや廃線かもしれない。そもそも「わたし」は、すでに死者なのかもしれない。「わたし」の妻も子も、親も友も死んだ。宙空から湧いて出てきたような、「わたし」の声には、楔《くさび》を打つような内容に比して、不安な浮力がついている。

あるいは「わたし」は、この世を見尽くす移動する「目」だろうか。辺見庸その人について、私は様々な意味で、「見た人」という思いを持っている。未来をも見た人。その目は狂気を宿しているが、「わたし」の目にも、「みんな目」にも、青いコスモスは生え、目のみならず、「だれのからだにも咲いて、空気に滲んだ」とある。「ひとの精神の基層にはひとつの例外もなく「青い錯乱」がある」という記述もあった。人間を底まで見尽くそうとするその目に、私はむしろあたたかいものを感じる。絶望の下にはまだ、底板があった。

「わたし」が求めてやまない「きょうこ」もまた、その青い錯乱、青い裂傷、青いコスモスなのだろう。「きょうこ」に逢いたい、逢いたいという切実な声。峻烈な恋情が『青い花』を貫く。「きょうこ」とは誰なのか、いつ、どこで出会ったのか。詳細はわからない。「きょうこ」は記憶の渦のなかから、いきなりずぼっと出てきた。「わたし」は「きょうこ」に望み通り逢えるのか。「きょうこ」はとうに死んでいるのではないのか。ひらがなだけで書かれた名前の、恐ろしいような空《から》っぽさ。彼女は、患者の半数がヒロポン中毒だという聖カエルム病院を脱走したことのある患者だった。「だれにでも気前よくやらせた」という「きょうこ」には、そのこととは裏腹に、汚しても穢れない聖女のイメージがある。「わたし」は「きょうこ」への道程を歩いているのだとも言えるし、「きょうこ」の内部を、歩き続けているのだとも言える。

「きょうこ」の他に、「わたし」には求めてやまないもう一つのものがあった。覚醒剤と同等の作用を持つ錠剤「ポラノン」。ポラノンほしい、ポラノン、ポラノンと、「わたし」はポラノンを求めて歩く。以前は禁止された薬物でありながら、いまや誰もが処方箋なしに買える大人気商品。誰もが、戦後、普通に市販されていたヒロポンのことを思い出すだろう。みんな一緒にハイになって歌おう。ポラノンには、CMソング「明日は咲く」があって、それは被災地復興支援や祖国防衛戦争の協力を兼ねた歌、という設定になっている。

これには、すぐに思い当たる私たちの現実がある。ある時期、社会に広まった復興ソング。励ましの歌。一人で聴いていると、美しいメロディーに酔うようになった。だがそのとき、私は被災地の現実を忘れていた。みんなで歌おう、と無言で誘ってくるところには乗れなくて、私は画面のなかの歌う人を、遠く感じ眺めていた。これは思想を言う前に感覚なのだと思う。皮膚感覚。歌は好きだし合唱も好きだが、何かのためには歌いたくない。歌は歌う目的以外で歌いたくないんだ、と今これを書きながら思っている。歌わされる、そんな力が歌にはあった。そういうとき、皮膚がぞわぞわする。歌が覆い、見えなくなってしまう現実があることを本書は警告していると思う。多数を熱狂させあるいは泣かせ、本質を忘れさせてしまう睡眠効果。歌への強烈な批判を内蔵しながら著者は本書で、沈黙の狂歌を歌う。ここにも引きちぎられるような裂け目があった。

かつて詩人の小野十三郎が自らの詩論で言った、「歌と逆に。歌に」。その難しい実践を、私は本書に見る思いがした。『青い花』のなかから聞こえるのは、たった一人、単独の位置から発せられる個人の声だ。その声が廃線となったレールの上を、冷やされた青空のごとく、流れていく。

ところで、戦時中、「暗視ホルモン」という名で、いわゆる覚醒剤が戦闘員たちに打たれていたという事実が本書に出てくる。本書で初めて知り驚いた。夜間の視力を高め、戦意を奮い立たせるため、軍医によって注射針で打たれたという。戦争は終わったけれど、終わらないものもある。日本社会には、今でもその後遺症のような症状が群れのアチラコチラに残っているのではないか。

本書には、一つの言葉が次々と連鎖的にイメージを呼び起こしていく面白さがあるが、この覚醒という言葉が呼び起こしたと思われる一つが、「タペタム」という目の器官だ。最初、意味がわからず調べてみて驚いた(私はつくづく何も知らない)。犬や猫の目の、網膜の下にある輝板のことだという。夜、猫や犬の目がキラリと光るのは、このタペタムという輝板の層が反射板となって光を反射するかららしい。「わたし」の前に、おびただしい影の犬がわき、それら犬の光る目が、小船の船灯に喩えられている。影の犬たちは何かを食っている。おそらく人間を。死者たちを。『青い花』の奥には、あのキラリと光る犬の目があり、こちらを黙ってにらみ続けている。しかし著者は、なぜ、こんなことを書き付けたのだろう。なぜ、動物の目のことを。

関連することで、もう一つ驚いたのは、「瞬膜」について記された箇所である。瞬膜とは、生き物の一部が持つ目の器官で、上下に開閉するまぶたとは違い、水平方向に動いて眼球を外界から保護する。瞬時に半透明の膜が張られるので瞬膜というらしい。

かつて、「わたし」は、「すくなからぬヒロポン中毒患者がいた港街、S市に住んでいた」が、その街の見世物小屋でいろいろなものを見た。獣姦ショーのようなものもあった。そのなかに、「客からお金をとって性器にハトをすっぽりといれてみせる、目つきのするどい女」がいた。「性器挿入の直前、ハトはじぶんの角膜をまもるためであろうか、目に半透明のうすい膜、つまり瞬膜《しゅんまく》をはって、覚悟をきめるようにじっと身をちぢめた」とある。

このハトの目が、忘れられない。私は読みながら、とても個人的な経験をしたような気がしていた。私は自分が、かつてこのハトであったと思い出したのだった。自分のことを書いて恐縮だが、学校になじめなかった頃のことを思い出した。どこにいても疎外感を抱きながら大きくなった。孤独というのは今も基本の状態で、その孤独が極まり辛い状況に置かれたとき、私は自分の目に、どうも薄い膜のようなものが、一瞬でサッと張るのを感じてきた。心が晴れると、その膜が取れ、視界のほうも晴れ晴れとする。ある日、そのことに気づいたが、錯覚のようにも思われ、誰にも話せなかった。ただ心と眼は、医学・生理学的にも、つながった器官であることを疑ったことはない。一人ぼっちのとき、自ら目にシャッターをおろし、外界から心を閉じる。それは多分に精神的なものであって、鳥たちが外界の危機から身を守るために張る瞬膜とは少し異なる。それでも傷付く前に自ら自動的に引くカーテンだと思えば、私にも瞬膜があったと感じる自由はあるだろう。

とにかく私にはあのハトの気持ちがありありとわかるような気がした。あのハトになら、若い頃の私を理解してもらえるだろうとも思った。『青い花』にはこうして、物言わぬ動植物が登場し強い印象を残す。そして、こちらが見るというより、彼らから見つめ返されている。

ドイツの詩人ノヴァーリスに、『青い花』という同名作品があった。主人公の青年が夢に青い花を見て、その実物をなんとしても見たいと旅に出る話だ。夢をかき混ぜるような憧憬に満ちたノヴァーリスの『青い花』。一方、辺見庸の『青い花』は、どこまでも地の底へと落ちていく負の願望にさしぬかれ、草一本生えない死んだ草原に、最後の最後、底光りのする、黒々とした希望を見ていく。二つの作品は共通している。ほども違う。だが究極の青い花をめざして、歩き続ける主人公の姿は一見、陽と陰辺見庸の『青い花』は私たちの時代の『青い花』だ。紛れもない一人の詩人が、きれぎれの声で歌う黒い希望の歌なのだと私は思う。

（詩人、小説家）

本書は二〇一三年五月、角川書店より刊行された。

青い花

2020年11月13日　第1刷発行

著　者　辺《へん》見《み》　庸《よう》

発行者　岡本　厚

発行所　株式会社　岩波書店
〒101-8002 東京都千代田区一ツ橋2-5-5

案内 03-5210-4000　営業部 03-5210-4111
https://www.iwanami.co.jp/

印刷・精興社　製本・中永製本

ISBN 978-4-00-602329-4　Printed in Japan

岩波現代文庫創刊二〇年に際して

二一世紀が始まってからすでに二〇年が経とうとしています。この間のグローバル化の急激な進行は世界のあり方を大きく変えました。世界規模で経済や情報の結びつきが強まるとともに、国境を越えた人の移動は日常の光景となり、今やどこに住んでいても、私たちの暮らしは世界中の様々な出来事と無関係ではいられません。しかし、グローバル化の中で否応なくもたらされる「他者」との出会いや交流は、新たな文化や価値観だけではなく、摩擦や衝突、そしてしばしば憎悪までをも生み出しています。グローバル化にともなう副作用は、その恩恵を遥かにこえていると言わざるを得ません。

今私たちに求められているのは、国内、国外にかかわらず、異なる歴史や経験、文化を持つ「他者」と向き合い、よりよい関係を結び直してゆくための想像力、構想力ではないでしょうか。

新世紀の到来を目前にした二〇〇〇年一月に創刊された岩波現代文庫は、この二〇年を通して、哲学や歴史、経済、自然科学から、小説やエッセイ、ルポルタージュにいたるまで幅広いジャンルの書目を刊行してきました。一〇〇〇点を超える書目には、人類が直面してきた様々な課題と、試行錯誤の営みが刻まれています。読書を通した過去の「他者」との出会いから得られる知識や経験は、私たちがよりよい社会を作り上げてゆくために大きな示唆を与えてくれるはずです。

一冊の本が世界を変える大きな力を持つことを信じ、岩波現代文庫はこれからもさらなるラインナップの充実をめざしてゆきます。

（二〇二〇年一月）